조정래 대하소설

태백산맥

청소년판
6

조정래 대하소설

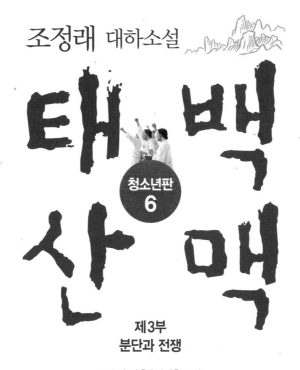

태백산맥

청소년판
6

제3부
분단과 전쟁

조호상 엮음 | 김재홍 그림

해냄

민족의 숙원, 평화통일의 길

'통일이 안 되고 이대로 살아도 상관없다.' 그 수가 해마다 조금씩 늘어 최근에는 24퍼센트가 되었다. 이건 대학생들을 상대로 한 여론조사의 결과이다. 나는 이런 현상을 보며 무척 당황스럽고 몹시 두려움을 느낀다. 이 땅의 대표적인 젊은 지식층의 네 명 중 한 명이 '굳이 통일할 필요가 없다.'고 생각하고 있으니 이게 어찌 된 일인가.

그 놀라움과 동시에 하나의 생각이 떠오른다. '그럼 청소년들은 어찌 생각하고 있을까!' 그러나 그 의문에 대한 응답은 없다. 왜냐하면 미성년자인 청소년들은 여론조사의 대상이 아니기 때문이다.

그러나 그 결과는 대충 짐작이 된다. 대학생들보다 그 비율이 높으면 높았지 낮지 않을 것이다. 청소년들은 대학생들에 비해 역사인식이 더 낮을 수밖에 없기 때문이다.

대학생들의 그런 반응은 꼭 그들만의 책임일 수는 없다. 국어와 역사 시간을 줄여 영어 시간을 늘리는 우리의 교육 문제부터 잘못되어 있는 탓이다. 역사 교육을 제대로 받지 못하고 있으니 우리 민족의 숙원이고 비원인 통일 문제마저 그렇게 소홀하게 여기게 된 것이다.

우리가 분단되어 서로를 적대시하고 살아가는 것만큼 큰 비극과 어리석음은 없다. 수천 년에 걸쳐서 한 민족으로 살아온 우리가 반으로 갈려 산다는 것은 허리를 반으로 잘려 사는 불구의 삶이나 다름없다. 반신불수의 삶, 그것처럼 큰 불행과 슬픔은 없다.

그 잘린 허리를 잇는 일, 그것이 소설 『태백산맥』을 통해서 하고 싶어 한 일이었다. 우리 한반도의 허리는 태백산맥이고, 그 '허리 잇기' 작업이 소설 『태백산맥』이라서 제목이 그렇게 정해졌다. 그 상징적 의미가 청소년 여러분에게 제대로 전해졌으면 좋겠다.

우리 한반도는 강대국들 사이에 끼어 있는 작은 땅이다. 그래서 우리 민족은 영원히 약소민족일 수밖에 없다. 그것은 우리의 힘으로는 피할 수 없는 일이기 때문에 우리의 운명인 것이고, 숙명이다. 그것처럼 슬프고 속상한 일도 없다. 그런데 우리가 남과 북으로 분단되어 있다는 것은 그 슬픔과 속상함을 더욱더 키우는 일이다. 우리가 약소민족으로서 그나마 좀 제대로 살아보려면 꼭 한 가지 방법밖에 없다. 그건 바로 통일이 되어야 하는 것이다. 통일이 되어야 불구의 삶을 면하는 동시에 우리의 힘이 커질 수 있기 때문이다.

청소년들은 너나없이 공부에 시달리느라고 소설을 읽을 시간이 없다. 그 잘못된 교육 제도를 일시에 뜯어고칠 수 없으니 조금이나마 시간 절약하며 쉽게 읽을 수 있도록 청소년판을 새로 꾸몄다. 아무쪼록 내일의 주인인 청소년들이 이 책을 벗 삼아 민족 통일의 필요성을 빠르게 인식하기를 간절히 바란다.

2016년 10월 22일

차례

제3부 분단과 전쟁

※ 일러두기

조정래 대하소설 『태백산맥 청소년판』은 원작 『태백산맥』을 청소년의 눈높이에 맞춰 분량을 줄이고 내용을 다듬는 것을 원칙으로 하였습니다. 다만, 소설의 특성상 역사 속 사건들의 현재성을 유지하기 위해 원작에서 사용한 방언 및 어휘를 그대로 따랐음을 알려 드립니다.

1

니만 사람이냐!

물빛으로 투명한 10월 하늘이 날로 넓고 깊어 갔다. 하늘빛이 변해 가면서 진초록 볏잎들은 누르끄레한 빛을 머금더니, 갈수록 누른빛이 진해졌고, 추석을 고비로 황금빛이 절정을 이루었다.

안창민은 추수를 빨리 해야 할 필요 때문에 벼가 여물기를 조급한 마음으로 살폈다. 추석이 지나고 벼의 황금빛에서 광택이 스러지기 시작했다. 안창민은 농부들에게 아침저녁으로 낟알을 깨물어 보게 했다. 낟알을 깨무는 농부들의 가로젓던 고개가 끄덕임으로 바뀌어 갈 즈음 안창민은 이지숙에게서 읍내에서 일어난 소작인들의 대규모 시위를 보고받았다.

'시위 투쟁이 지속적으로 전개될 수 있도록 조직화할 것. 주모자 검거에 따른 조사 과정에서 배후가 노출될 위험에 대비할 것. 만약 위기가 닥치면 지체 없이 율어로 피신할 것.'

안창민은 이 지시를 이지숙에게 띄웠다. 그리고 초소에 최소한의 병력만 남긴 채 추수를 시작했다. 군경 병력이 시위를 진압하는 사이에 병력을 추수에 활용한 것이었다.

벼 베기는 놀랄 만큼 빠르게 진행되었다. 잠시 총이나 대창을 논두렁에 놓은 전사들은 낫을 들고 흥겨운 가락과 함께 일에 신명을 올리고 있었다.

지이화아자 조옴도 조오타아, 어얼씨구나 조옴도 조오타아 ─.

동헌 마당에 꿇어앉았었든 춘향이가 고개 번쩍 들고 봉께로, 저기 저것이 누구다냐! 워메, 어사또 되야뿐 서방님 아니당가. 워야, 요것이 꿈이다냐 생시다냐. 춘향이, 이 도령이 섰는 동헌으로 오르는디! 어허, 얼싸! 오올르아아가은다아, 오올라르을가은다아······.

이 논에서 민요 타령이 어우러지면, 저 논에서는 판소리 가락이 대꾸하듯 울려 퍼졌다.

농민과 전사들이 한 덩어리가 되어 흥겹게 추수하는 모습을 안창민은 흐뭇한 마음으로 바라보았다. 그러나 한편으로는 마음이 무거웠다. 이 땅 전역이 그런 흥겨움에 차 있는 것이 아니고, 전사임을 잊은 채 흥에 젖어 있는 전사들 대부분은 바로 농민이었다.

그들이 농구를 들던 손에 총이나 대창을 잡고 혁명 대열에 선 것은 지금 맛보고 있는 흥겨움을 평생토록 누리고자 하는 욕구 때문 아닌가. 율어의 농민들이 저리도 일손에 신명이 붙은 것은 수확에서 2할을 뺀 나머지가 다 자기들 차지라는 것을 아는 까 닭이었다. 그 사실은 이미 염상진의 입을 통해 공언되었고, 농민들의 열렬한 환영을 받았다. 국가기구의 존속을 위한 최소한의 세금만을 내고 전체 인민이 균등한 삶을 누리는 착취 없는 혁명의 그날은 언제나 올 것인가. "이제 본격적인 무력 투쟁 단계로 접어들었소. 투쟁에 대전환을 가져온 것만으로도 여순 병란의 의미는 크다고 할 수 있소." 조계산에서 만난 염상진의 말이 떠올랐다.

진트재 터널에서 무기를 탈취해 조계산에 다다른 것은 해 질 녘이었다. 주먹밥으로 점심을 때운 시간을 빼고는 잠시도 쉬지 않은 강행군이었다. 그때 안창민은 줄곧 선두에서 부대를 이끌었다. 이해룡은 중간에서 부하들을 독려했고, 하대치는 대열의 맨 뒤에서 부하들을 추슬렀다.

"좀 어떠신게라, 다리가?"

점심을 먹으며 하대치가 염려스러운 눈길로 물었다.

"아무렇지도 않으니, 염려 마세요."

그는 꺾어 세운 무릎을 흔들어 보이며 여유 있게 대꾸했다.

"그야 당연한 일이겠죠."

이해룡이 웃는 얼굴로 고개를 끄덕였고, "뭐가 당연해라?" 하고 하대치가 물었다.

"대장이란 책임감이 다소 불편한 점이 있다 하더라도 모두 이겨 내게 한다 그 말이오."

이해룡의 말에 하대치가 고개를 끄덕였다. 오판돌·이해룡·하대치가 자신의 작전지휘를 말린 것은 자신의 다리를 염려하는 순수한 동지애의 발로였다. 그리고 작전에 나서지 않는다 해도 군당 위원장에 대한 그들의 신뢰는 변할 리 없었다. 또한 당의 조직상 임무로 보더라도 군책이 위험한 작전에 나서는 것은 삼가야 했다. 그런데도 그는 작전지휘를 맡았다. 그것은 순전히 자기 자신의 문제 때문이었다. 군당은 은밀한 지하투쟁이 아닌 적과 맞서 싸우는 전투부대로서 '움직이는 군당'이었다. 그런데 군당을 이끄는 자신은 다리에 총상을 입은 경력의 소유자였다. 그 경력은 주위 사람들의 염려를 살 뿐만 아니라, 스스로를 위축시켰다. 그는 직접 지휘에 나서 작전을 성공시킴으로써 '움직이는 군당'을 이끌 자신감을 얻고 싶었던 것이다.

갈대로 위장한 비트에서 안창민을 맞이한 것은 뜻밖에도 염상진이었다.

"수고했소. 작전 성공을 축하하오."

안창민의 손을 덥석 잡으며 염상진이 감격적으로 한 말이었다.

"아, 대장님, 여기서 뵙는군요."

예상치 못한 만남이라 안창민도 염상진의 손을 반갑게 맞잡았다. 그런데 그 반가움을 떠미는 의문이 있었다. 아직 보고하지 않았는데 염상진이 작전 성공을 알고 있다는 점이었다.

"작전 성공을 어떻게 아셨습니까?"

추측만으로 넘길 일이 아니라서 안창민은 그 대목을 짚었고, 염상진은 묵직한 웃음을 지었다.

"중대한 작전인 만큼 준비도 철저해야 했소. 그래 내가 열 명을 무장시켜 제2선을 쳤던 것이오."

"그럼 우리 모르게 진트재에 매복했었단 말입니까?"

놀랍기도 하고 어이없기도 해서 안창민의 목소리는 갈라져 나왔다.

"안 동무를 못 믿어서가 아니라, 이 작전은 처음부터 그렇게 계획했던 것이었소."

염상진이 정색을 하며 말했다.

"아이고, 우리가 작전하는 모양을 다 들켰다니, 너무하셨습니다."라며 이해룡이 타박하듯 했고 "대장님 눈에 우리 꼬라지가 워치케 뵀을꼬? 좌우당간 작전은 성공혔응께 된 일이여. 대장님, 안 그런게라?" 하고 하대치가 눙치고 들었다.

"그래요." 염상진이 고개를 끄덕이고는 "듣기 좋은 소리 하자는 게 아니라, 모든 작전은 치밀하고 정확했소. 정말 수고들 했소."라며 하대치와 이해룡에게 담배를 권했다.

"헌데, 대장님은 살필 것 다 살피시고도 우리보다 먼저 와 계셨군요."

이해룡이 어떻게 된 일이냐는 듯 말했다.

"적의 추격을 경계하며 뒤따르다가 안전을 확인한 다음 앞지르기 시작한 거요. 우리야 운반할 짐이 없으니 그만치 걸음이 빠를 수밖에 없잖소."

"워따, 고 징상스럽게 무거운 총 궤짝 들고 쌩똥 싸는 것 보면서도 맨몸으로 핑허니 앞질러 뿔다니, 대장님이 그리 인정 없는지 인제 알았소."

하대치가 정말 화난 듯 말했고, 다른 세 사람 모두 소리 내어 웃었다.

"내가 의리 없는 짓을 한 게 미안해서 돼지 한 마리 잡고, 막걸리를 준비했으니 용서하시오."

염상진이 분위기에 맞춰 음식 장만한 것을 알렸다.

"금메, 아까부터 돼야지고기 냄새가 폴폴 코끝을 간질리는디, 내가 무슨 병이 날라고 헛냄새 맡고 지랄이다냐, 생각이 들더랑께요, 어쨌거나 우리 동지들 입 째지게 생겼구만이라."

하대치는 혼자 돼지고기 다 먹게 된 것처럼 흡족해했다.

뜨신 밥에 돼지고기 잔치가 벌어졌다. 막걸리는 한 사람 앞에 두 사발씩 돌아갔다. 돼지고기는 물에 삶기만 한 것이었지만 다들 소금에 찍어 맛나게들 먹어 댔다.

"난 안 동무가 진두지휘하리라곤 생각도 못 했소. 그런데 안 동무가 지휘하는 걸 확인한 순간 왜 그리 안심이 되는지. 허나 앞으로는 무리하지 마시오. 혁명은 조직 없이는 이룰 수 없고, 간부가 우선 보호되어야 하는 이유도 그 때문 아니겠소."

염상진이 안창민에게 한 말이었다.

"명심하겠습니다. 그런데 이번 작전과 대장님은 무슨 연관이 있는 겁니까?"

"당중앙 최고 간부 중 한 사람인 이현상 동지가 지리산에 입산하면서 우리 투쟁은 새롭게 전개되기 시작했소. 무장투쟁의 본격화가 그것이오. 본격 무장투쟁을 위해서는 조직이 체계적으로 짜여야 하오. 당은 이미 오대산 지구·지리산 지구·태백산 지구에 유격대 3개 병단을 구성했소. 우리는 물론 제2병단 지리산 지구에 속하며, 이곳 조계산 지구는 지리산 총사령부 아래 조직이고, 조계산 지구 사령부 아래로 각 군당이 속하는 것이오. 지구 사령부의 역할은 위로는 총사령부, 아래로는 군당 조직과 연결해 합동작전을 전개하는 것이오. 이번 작전은 각 지구 사령부의 화력을 보강하자는 것이었소. 그리고 인원 재편성도 해야 하오. 지구사령부가 150에서 200명, 군당 사령부가 삼사십 명, 그 아래 각 면당에 칠팔 명이 되도록 하는 것이오. 돌아가는 대로 이쪽에서 40명을 인수받을 수 있도록 조처해 주시오."

그는 나무 밥그릇에 반나마 남아 있던 막걸리를 단숨에 마셨다. 그 눈에 익은 나무 밥그릇은 작년에 하대치가 장터에서 사온 것이고, 그가 군당을 떠날 때 손잡이를 반 토막 낸 놋숟가락과 함께 개인 휴대품으로 챙긴 물건이었다. 바리때는 1년 남짓한 세월 동안 칠이 벗겨지고 흠집이 나 있었다.

"그런데 대장님 직책은 무엇인지요."

"사령관은 따로 있고, 난 정치위원이오."

안창민은 고개를 끄덕이며, 염상진의 무게를 생각했다. 정치위원은 당 일꾼으로서 사령관과 동등한 직책이었다. 염상진의 능력에 합당하다고 생각하며 그는 부하들을 살폈다. 다들 식사를 마친 상태였고, 누군가는 손잡이 짧은 숟가락을 옷깃에 썩썩 문질러 주머니에 넣고 있었다. 그 숟가락은 산 생활에서 무기 다음가는 중요한 상비품이었다. 젓가락이야 나뭇가지나 손가락으로 대신할 수 있지만 밥을 손으로 퍼 먹을 수는 없었다. 그래서 숟가락은 각자 휴대하게 마련인데, 긴 손잡이가 주머니 속에 간수하기에 거추장스러웠고 누군가가 손잡이를 반쯤 잘라 내면 된다는 간단한 방법을 찾아낸 것이다.

　이지숙의 신경은 경찰서로 집중되어 있었다. 농민들의 시위를 폭력으로 진압한 계엄군과 경찰은 시위대 100여 명을 끌어갔다. 유치장이 모자라 동척 쌀 창고에 그들을 감금하고는 주모자 색출을 한다며 사흘을 넘기고 있었다. 이지숙은 그런 경찰서의 움직임을 살피는 한편 안창민네 작인들에게 경찰의 손이 뻗치는지도 주시했다. 그들에게 경찰의 손이 뻗치면 그건 곧 자신의 위험을 의미했다.

　이지숙은 신변 방어를 하는 한편 안창민네 작인들을 통해 시위를 다시 일으키려 했다. 이번 시위는 죄 없는 사람들을 빨리 석방하라는 내용이었다. 지난번과 같은 내용으로 시위를 다시 일으키기는 어려웠다. 시위에 가담했던 사람들은 이미 폭력을 맛본 터였다. 몽둥이나 개머리판에 얻어맞은 사람들은 말할 것 없고, 그 수라장에서 무사히 빠져나온 사람이라 해도 폭력의 두려움을 경험한 데는 차이가 없었다. 그런 그들에게 같은 내용의 시위를 벌이게 하기란 불가능했다. 아무리 생존 문제가 걸려 있다 해도 당장 몸을 부수고 들어오는 폭력 앞에 또 나선다는 것은 어지간한 정신 무장을 갖추지 않고서는 가능한 일이 아니었다. 그렇지만 시위 내용을 바꾸면, 똑같은 일을 하고서도 집에서 편히 지내는 사람들의 죄의식을 자극해 시위에 나서게 하기가 쉬울 것이었다. 갇힌 사람들을 하루빨리 풀려나게 하기 위해서도, 소작권을 주장하는 것은 정당한 권리이지 죄가 아니라는 사실을 다른 소작인들에게 알리기 위해서도, 악질 지주들의 행위를 중단시키기 위해서도 시위는 다시 일어나야 했다.

"갇힌 사람들헌테 미안스럽게 생각허면서 입으로는 일어나야 쓰겄다고 허기는 허는디, 다들 슬슬 눈치만 보제 정작 힘이 엮어지질 않는구만이라."

방 서방이 뒷머리를 긁적이며 말했다.

"지가 만난 사람들도 말방구만 뀌제, 허는 짓은 뜨광허당께요."

노 서방이 마땅찮아하는 얼굴로 말했다.

예상이 빗나갔지만 이지숙은 실망하지 않았다. 그들이 말로라도 동감을 나타냈다면 다시 시위 대열로 묶을 수 있는 가능성은 얼마든지 있었다.

"아무 상관없는 우리가 앞장설 수도 없고, 영판 땁땁헌 사람들이여."

곰방대에 살담배를 우겨 넣으며 방 서방이 말했다.

"매가 안 무서운 사람 없겄지만, 갇힌 사람들을 생각허면 그래서야 쓰간디? 아니, 갇힌 사람들이야 얼굴 맞대지 않응께 그렇다 쳐. 그 애간장 타는 마누라들 앞을 무슨 잘난 낮짝이라고 뻔뻔하게 들고 댕기는지 원, 고것들도 붕알 달린, 워메!"

 말을 하다 감정이 올라가 못할 소리를 쏟아 버린 노 서방은 뒤늦게 이지숙을 의식하고는 입을 막았다. 이지숙은 못 들은 척했다. 그런데 노 서방의 말 중에 한 대목이 머리를 쳤다. 그렇지, 여자들을 나서게 하면 된다!

 "좋은 방법이 생각났어요. 갇혀 있는 사람들 부인네들이 나서서 자기네 남편이 빨리 풀려나게 해 달라는 부탁을 하는 거예요. 그리고 여자들도 시위에 참가하는 겁니다. 여자들의 사정에도 그 사람들이 지금처럼 어물거리진 못하겠죠? 어떠세요?"

 그녀는 두 사람을 번갈아 보았다.

 "야아, 우리가 눈치 보면서 말허는 것보다야 훨씬 좋구만이라."라며 방 서방이 밝은 표정을 지었고 "잉, 예편네들보고 허라고 허면 그 새살 까기 좋아허는 입으로 일을 맹글어 낼 것도 같구만이라." 하고 노 서방이 눈을 빛내며 말했다.

 이틀이 지나 여자들이 앞서고 남자들이 뒤따르는 400여 명의 행렬이 횡계다리 옆을 지나가고 있었다. 그 행렬은 소화다리 앞에서 군인들에게 가로막혔다.

 "이거 뭐하는 짓이야, 해산하라!"

 강 상사가 목을 빼며 소리 질렀다.

 "죄 없는 사람들 내보내라!"

앞에 선 여자들이 강 상사에게 대답하듯 일제히 외쳤다.

"죄 없는 사람들 내보내라!"

뒤에 선 남자들이 다 같이 복창했다.

강 상사가 어이없다는 듯 웃었다. 대열은
천천히 움직였고 멀리 경찰서가

모습을 드러냈다.

"해산해! 말 안 들으면 또 지난번 같은 꼴 당한다!"

강 상사는 더 크게 소리 질렀다.

"죄 없는 사람들 내보내라."

여자들은 조금도 멈출 기미 없이 같은 구호를 반복했다.

"죄 없는 사람들 내보내라!"

아까보다 힘이 들어간 남자들의 복창이었다.

"이거 참 미치겠네."

강 상사가 뒤로 밀려나며 상을 찡둥그렸다.

"오늘 시위는 여자들이 끼어 있어 지난번처럼 했다간 큰일 납니다. 전체 읍민의 반감을 살 게 틀림없습니다."

권 서장은 전에 없이 단호했다.

"그럼 어쩌란 말이오!"

백남식이 각진 눈에 더 각을 세우며 내쏘았다.

"그러길래 애초에 많이 잡아들여선 곤란하다고 하지 않았습니까. 그런 처리는 처음부터 이런 집단적 감정을 유발시키게 되어 있었습니다."

"아니, 권 서장! 지금 날 힐책하자는 거요?"

"무슨 말씀을 그리 하십니까!"

권 서장이 백남식을 똑바로 쏘아보았다.

"왜들 이러십니까. 개인적인 일도 아니고 공적인 일 잘 처리하자는 건데, 조금씩 참읍시다."

토벌대장 임만수가 두 사람 사이로 들어섰다. 권 서장은 뒤로 물러서며 자신의 행동을 후회했다. 그의 처사가 잘못됐더라도 참았어야 하는데……. 그러나 자신의 주장을 바꿀 생각은 없었다.

무조건 지주들 편을 들고, 소작인들을 무더기로 죄인이라는 투망 속에 몰아넣으려는 백남식의 의도를 용납할 수 없었다. 백남식은 계속 권 서장을 노려보고 있었지만, 속으로는 임만수가 있어서 다행이라고 생각했다. 유순하고 자기주장이 없는 권 서장이 그렇게 맞대거리를 하고 나서리라고는 전혀 예상치 못했다. 그래, 저것도 일정 때부터 순사질 해 먹었고, 서장까지 된 놈이다. 정면충돌해서 이익될 건 없지.

그들이 의견 충돌을 일으키고 있는 사이에 시위 행렬은 경찰서 앞에 다다라 있었다.

"죄 없는 사람들 내보내라!"

밖에서 들려오는 여자들의 외침이었다.

"두 분 다 기분 푸시고, 대책이나 강구하도록 하십시다."

임만수가 화해를 붙이듯 말했다.

"사령관님, 제 행동 사과드립니다."

권 서장이 먼저 말했다. 공무상 그것이 자신이 취할 태도였다.

"권 서장님, 나도 미안하게 됐소."

백남식은 속으로, 저게 예사 능구렁이가 아니라고 생각하며 말을 받고는 "권 서장님, 아까 하던 말 계속해 보세요."라며 담배에 불을 붙였다.

"이번 시위는 지난번 일만 정리하면 저절로 해산할 겁니다. 주모자만 색출하고 나머지는 석방하기로 했던 우리 계획을 발표해서 해산시키는 게 어떨까 합니다."

"그런데 즈네들이 들고일어나니까 그런 발표를 하는 거라고 생각하지 않겠소?"

"그런 염려가 없지는 않지만, 이쪽에서 어떻게 말하느냐에 따라 달라질 문제라고 생각합니다."

"그렇기는 하지요. 그런데 저것들 요구는 전원 석방 아니겠소?"

"요구야 그렇지만 그럴 수야 있습니까. 시위 재발을 막으려면 주모자를 처벌하지 않을 수는 없습니다."

"좋습니다, 모든 걸 권 서장님한테 위임할 테니 잘 해결해 보십시오."

백남식이 일어섰다. 그 갑작스러운 말을 들으며 권 서장도 엉거주춤 따라 일어섰다. 약은 녀석, 똥 묻히기 싫고, 내 뒷다리 잡겠다 그거지. 권 서장은 백남식을 비웃었다.

권 서장은 자기 방으로 돌아왔다. 불현듯 심재모의 얼굴이 떠올랐다. 무사히 석방되었다는 편지를 받은 뒤로 더는 소식이 없었다. 그는 어떤 일이나 바르게 처리하려고 노력했다. 그 때문에 벌교 땅을 떠나야 했다. 그가 있었다면 지난번 시위도 그런 식의 폭력 진압은 하지 않았을 것이다. 그가 다시 올 수는 없는가……. 권 서장은 부질없는 줄 알면서도 탄식처럼 그 생각을 했다.

권 서장은 곧 밖으로 나갔다. 경찰서 앞은 사람들로 가득했다. 시위대는 긴장해 있었고, 구경꾼들은 그 둘레에서 수군거리고 있었다.

"죄 없는 사람들 내보내라!"

권 서장이 보이자 여자들의 외침이 카랑하게 터졌다. 그 뒤를 남자들의 굵은 외침이 떠받쳤다.

"여러분, 오늘 이렇게 나오시지 않아도 되는 걸 괜한 수고를 하셨습니다. 조사가 거의 끝나 내일 중으로 시위자 석방 계획을 세우고 있었는데, 여러분은 그 사실을 모르고 나온 겁니다. 모두 안심하고 집으로 돌아가세요. 여러분이 여기 계시면 관의 일을 방해해 석방이 늦어지게 됩니다. 그리고 계엄 아래서 이런 단체 행동은 모두 법에 걸리게 되어 있습니다. 그러나 우리가 미리 석방 계획을 세웠던 만큼 여러분의 오늘 행동은 없었던 것으로 하겠습니다. 어서 돌아들 가서 바깥주인들 맞을 채비나 하세요."

권 서장은 말을 마치며, 해산하라는 뜻으로 팔을 저었다.

"그 말 참말이다요?"

"믿어도 되겠소?" 하는 여자들의 말이 여기저기서 솟았다.

"틀림없으니, 다들 돌아가세요."

권 서장의 다짐에 사람들은 미심쩍은 얼굴로 서로를 보다가 차

춤 발길을 돌리기 시작했다.

약속대로 다음 날 오전에 60여 명이 풀려났다. 그러나 주모자로 지목된 김종연과 유동수를 비롯한 일곱 명은 풀어 주지 않았다. 그들의 죄목은 계엄하의 집단 선동 및 질서 교란이었다.

지주들의 논 빼돌리기를 막으려는 소작인들의 싸움은 벌교뿐만 아니라 여기저기서 일어났다. 보성 이 부자네 소작인들이 일어나는가 하면, 화순 오 부자네 소작인들이 일어났고, 고흥에서는 김 부자네 소작인들이 일어나는 판이었다. 그럼에도 지주들은 논 빼돌리기를 멈추지 않았다. 땅을 놓고 계급 간에 벌어지는 이 먹이 싸움이 살육전으로 치닫는 것을 군경이 겨우 막아 내고 있었다. 군경이 지주들 대신 소작인들을 상대로 싸움을 벌이는 형국이었다. 그런 편파성 때문에 군경에 대한 불신은 점점 깊어 갔다.

정현동은 중도방죽 수문 언저리 논 200말뚝을 사들였다. 논은 한 마지기가 대개 200평인데, 간척을 마친 중도 들판은 분할할 때 한 마지기를 300평으로 했다. 그래서 사람들은 보통 논은 '마지기'로, 중도 들판 논은 '말뚝'으로 구분해서 불렀다. 그러니까 정현동이 사들인 논은 자그마치 6만 평이었다. 한 집에서 부치는 소작을 다섯 말뚝으로 잡더라도 40가구의 생계가 매달린 농토였다.

그는 그 논을 사들이면서 거래를 비밀에 부쳤다. 군청과 도청에 은밀히 뒷손을 써서 염전 허가를 받은 것은 물론이었다. 멍텅구리 같은 자식들, 내가 왜 논을 사는지 모르제? 느그가 내 머리를 어찌 따라오겠냐. 논을 헐값에 사들인 정현동은 중도방죽을 걸으며 포만감 넘치는 기분으로 혼자 웃고 또 웃었다.

그는 벼 베기가 끝나면 곧바로 논에 바닷물을 끌어들일 작정이었다. 바닷물이 찬 것을 확인해야 염전 허가를 내준다는 것이었다. 도둑질에도 최소한의 손발 맞추기는 필요했던 것이다.

벼 베기가 끝나자마자 정현동은 수문 옆에 발동기를 설치했고, 오늘은 바닷물을 끌어들이러 나온 길이었다.

방죽 위에 서 있던 정현동이 손을 번쩍 치켜 들며 일꾼들에게 소리쳤다.

"발도옹 걸엇!"

시쿵, 시시쿵, 시쿵, 시쿵, 시쿵…….

발동기가 숨길이 고르지 못한 불협화음을 요란하게 터뜨리다가 차츰 고른 소리를 내며 돌아가기 시작했다.

"이게 무슨 뜬금없는 소리여!"

그때까지 일에만 정신을 쏟고 있던 농부가 놀라서 허리를 펴며 건너편 사람에게 말을 던졌다.

"금메, 무슨 발동기까?"

건너편 농부가 고개를 갸웃했다.

그사이 발동기의 쇠바퀴가 억세게 돌아가면서 거센 물줄기가 호스에서 터져 나왔다. 논바닥에 곤두박질쳐진 바닷물은 마치 살아 있는 물체처럼 빠른 기세로 벼 그루터기 사이사이를 먹어 들어갔다.

"어허 시원타, 아하 시원타!"

거침없이 쏟아지는 물줄기를 바라보며 정현동이 토하는 소리였다.

"쩌것 보소, 쩌것. 논으로 물이 콸콸 쏟아지지 않는다고?"

한 농부가 팔을 뻗치며 다급하게 말했다.

"저 물 어디다 쓸라고 저리 생뚱헌 짓을 허까?"

다른 농부가 의아한 얼굴을 했다.

"남 논에 물 대는 삼시랑은 대체 누구여? 싸게 가 보드라고."

또 다른 농부가 볏단을 던지며 말했다. 자기네 논과 가까웠으므로 다들 그냥 지나칠 수가 없었다.

논두렁을 타고 발동기 쪽으로 가는 사람은 그들 셋에다 왼쪽에 서너 명, 오른쪽에도 네댓 명 있었다.

"저것, 짠물 대는 것 아니라고!"

어느 농부가 질겁하며 소리 질렀다.

"뭣이여? 짠물! 무슨 환장헌 짓거리여!"

뒤따르던 사람들의 놀란 소리였다.

그들은 논을 가로지르며 내닫기 시작했다.

"워메, 조 서방네 논 다 망쳐 뿌렀네. 조 서방 어딨어, 조 서방."

"논에 짠물을 퍼 올리는 못된 자가 누구여!",

농부들은 숨을 헐떡거리며 한마디씩 터뜨렸다.

"잔소리 말고 자네들 헐 일이나 혀. 내 논에 내가 짠물을 대든 싱건 물을 대든 어째 그리 말들이 많은가!"

정현동이 농부들을 향해 팔을 내뻗으며 호령했다. 그 당당한 태도에 농부들이 멈칫했다. 알지도 못하는 사람이 나타나 거침없이 '내 논'이라니, 우리 모르는 사이에 주인이 바뀐 것인가! 하는 생각이 그들의 머리를 쳤고, 그럼 우리 논에도 짠물이 찰 것 아닌가! 하는 생각이 뒤를 이었다.

"어째서 여기 논이 당신 거여. 여기 논은 봉림 안 부자 것이여."

어느 농부가 결기를 세우며 소리쳤다.

"아, 척허면 삼천리라고, 한마디 하면 눈치 싸게 알아들어야제. 내가 안씨헌테 200말뚝을 사들였어."

정현동은 손가락으로 넓은 네모를 그렸다. 농부들의 얼굴은 흙 빛으로 굳었다. 그들 모두 안 부자네 소작인이었다.

"근디 어째 짠물은 채우고 그러시요?"

발동기 소리 때문에 농부의 목소리는 높았지만 이미 아까와 같은 힘은 실려 있지 않았다.

"어허, 척 보면 몰라. 염전을 만들자는 것이제, 염전."

정현동이 짜증스럽게 내뱉었다.

"염전!"

농부들의 입에서 거의 동시에 터져 나온 소리였다.

"몰라 뵙고 즈그가 큰 실수혔구만이라. 즈그가 다 그 집 소작 부치고 사는 것들인디요, 지금이라도 생각을 고쳐먹어 주시면 고맙겄는디요."

한 농부가 앞으로 나서서 정현동에게 허리를 굽실거리며 말했다.

"야아, 즈그들이 더 열성으로 농사를 지을 것잉께 그리 혀 주시제라."

다른 농부가 나서며 허리를 굽실거렸다.

"어허, 나를 팔푼이로 알고 허는 소리여, 반편이로 알고 허는 소리여. 다 시끄러!"

정현동이 소리를 질렀다. 그러는 사이에도 발동기는 바닷물을 거세게 뽑아 올리고 있었다.

"여기 논에 딸린 목숨이 수백인디요. 그 목숨들 생각허서서 생각을 고쳐주시제라, 제발."

처음의 농부가 정현동 앞으로 바짝 다가서며 두 손을 맞비

벘다.

"아, 딸린 목숨이 수백이든 수천이든 내 알 바 아니여. 성가시게
허지 말고 썩 비켜."

정현동이 농부의 어깨를 떠밀었다. 농부는 미처 몸의 중심을
잡지 못하고 뒤로 나둥그러져 바닷물이 차오르는 논으로 철퍼덩
떨어졌다.

"야이 죽일 놈아. 니만 사람이냐아!"

그때 한 농부가 쥐어뜯듯 소리 지르며 앞으로 내달았다. 치켜
올린 손에는 낫이 들려 있었다. 말리고 어쩌고 할 사이도 없었다.
낫이 정현동의 목덜미를 찍었고, 가슴을 찍었고, 쓰러지자 배를
찍었다.

"워메, 살인났네에!"

발동기에 매달려 있던 기술자 셋이 혼비백산 방죽 위로 달아나
며 소리를 질렀다.

"저놈의 것도 엎어 뿌러."

누군가의 외침에 따라 농부들이 우르르 몰려가 발동기를 엎어
버렸다.

시쿵틀틀, 시쿵틀, 틀틀틀틀…….

발동기가 숨 잦아드는 소리를 내다가 멈추었다. 발동기 소리가
멎자 들녘에는 진한 적막이 밀려들었다. 12명의 농부들은 그 적

막 속에 정물처럼 한동안 서 있었다.

"가야제."

누군가가 말했고, 그들은 휘청거리며 논두렁을 따라 걸어갔다.

피투성이가 된 시체는 눈을 번히 뜬 채 10월의 푸른 하늘을 올려다보고 있었다. 그 발치께에 피를 머금은 낫이 버려져 있었다.

2

접선 실패

"정님아, 우리 순덕이 어찌 됐는지 나 죽는 꼴 안 볼라면 싸게 말혀라."

"아짐니, 하루 이틀도 아니고 어째 그러요. 모르니께 모른다는 디요."

"아, 그년이 보통이 싸기 전날 밤에 느그 둘이 만나지 않았냔 말이여. 집 뜨기 전날 밤에 만난 동무헌테 아무 말 안 혔을 리가 없당께로."

"고것이야 아짐니 생각이고 진짜로 순덕이가 암 말 안 혔는디 나보고 어쩌라고 이래 쌓소."

"니 참말로 내가 양잿물 먹는 꼴 볼라고 이러냐. 순덕이 못 찾으

36

면 니 앞에서 양잿물 먹을랑게 싸게 말혀."

"아짐니가 양잿물 먹기 전에 나를 죽이씨요."

정님이는 그만 주르륵 눈물을 쏟았다. 그 눈물을 보자 순덕이 어머니 나주댁은 미안한 생각이 들었다.

"순덕이가 어디 새살을 많이 까는 가시내간디라. 이야기야 내가 다 허고 순덕이야 짧게 답이나 허제라."

"니가 날 속일라고 들면 어쩔 수 없제. 문딩이 가시내, 참말로 웬수가 따로 없다."

나주댁은 긴 한숨을 토하며 일어났다. 정님이는 멀어지는 나주댁을 지켜보다가 혀를 날름했다. 나주댁이 아무리 못살게 굴어도 순덕이가 어디로 떠났는지 말할 수는 없었다.

순덕이는 심 사령관이 잡혀가자 옆에서 듣기 짜증스러울 만큼 한숨을 자주 쉬었다. 그러다 시나브로 잦아들려니 했다. 그런데 순덕이의 상심은 갈수록 심해져서 걸핏하면 눈물을 짰다.

"가시내야, 니 어째 이래 쌓냐. 이러다가 느그 엄니 아부지까지 알아채겄다."

"내 맘을 나도 모르겄어. 안 그럴라고 허는디도 뜻대로 안 된다니께."

"안 돼도 되게 맹글어야제."

"맹글어지면 벌써 맹글었제. 나 이대로는 못 살겄다."

"아이고, 못 살면 어쩔 것이냐. 죽을 것이냐, 그 남정네를 찾아 나설 것이냐."

"둘 중에 하나를 혀야제."

"워메, 니 제정신으로 허는 소리여?"

정님이는 소스라쳤다. 그 말을 하는 순덕이가 너무나 태연했던 것이다.

며칠 뒤 순덕이는 경찰서 사환 아이를 꼬드겨 심 사령관 집 주소를 알아냈고, 자기네 가게에서 돈까지 빼돌렸다.

"나 낼 집 떠날란다."

집을 떠나기 전날 밤 순덕이가 밑도 끝도 없이 한 말이었다.

"뭐, 어디로?"

"심 대장 집이 있는 경기도 수원."

"편지 주고받았냐?"

"아니."

"참말로 미친년이시. 연락도 안 해 보고 찾아가기부터 혀?"

"편지가 무슨 소용 있다냐. 감옥에 갇혔는지 어쨌는지 알라면 집부터 찾아가야제."

"감옥에 갇혔으면?"

"면회허고, 뒷수발혀야제."

"워메, 춘향이야 하룻밤 임 품에 안겨나 보았지만, 니야 눈 한

번 못 맞춰 놓고 뒷수발은 무슨 뒷수발이다냐."

"긍께로 더 애가 타고 미치겄제."

무작정 찾아갔다가 심 사령관이 싫어하면 어쩔 것이냐는 말은 꺼낼 수도 없었다. 이미 굳어질 대로 굳어진 순덕의 결심 앞에서 마음을 돌리게 할 방법은 없었다.

순덕이는 그 이튿날 모습을 감추었다.

.

정하섭은 아버지 장례 날 서울에서 형사들에게 쫓기고 있었다. 전날 밤 그는 돈암동에 감춰진 고정선을 찾아갔다. 거기서 잠을 자고, 접선 장소와 시간을 지령 받았다.

접선 장소는 안암천의 돈암동에서 두 번째 다리 우측, 시간은 오후 5시. 이쪽에서 걸어갈 방향은 신설동 쪽을 향해 좌측 천변. 상대방이 걸어올 방향은 돈암동 쪽을 향해 우측 천변. 1차 신호는 서로 다리 5미터 앞에서 담배를 오른손에서 왼손으로 바꿔 든다. 위험 신호는 담배를 개천으로 던진다. 2차 암호는 상대방이 먼저 "백운산 단풍이 곱지요." 하면 이쪽에서 "감도 맛있습니다."라고 말하는 것이었다.

정하섭은 접선 시간 15분 전에 안암천과 돈암동의 교차점을 출발했다. 좌측 천변을 따라 한 걸음, 한 걸음 떼었다. 자연스럽게 걸어야 한다는 생각과 달리 두 다리에는 긴장이 전류처럼 흘렀다. 어떤 일이든 거듭하면 숙달되고 쉬워지게 마련이다. 그런데 접선하는 일은 아무리 되풀이해도 숙달되지도 쉬워지지도 않았다. 아니, 할수록 긴장감은 커져 가기만 했다. 목숨을 거는 일이기 때문이었다. 목숨을 걸고 하는 일이 숙달되고 쉬워진다면 결국 그것 때문에 목숨을 잃게 될 거라고 정하섭은 생각했다.

정하섭은 첫 번째 다리를 지나면서 담배에 불을 붙였다. 그러면서 걸음을 조정했다. 담뱃불을 붙이면서 확인한 시간이 7분 전이었다. 접선이 이루어질 때까지는 시계를 더 보아서는 안 된다. 접선 장소 가까이에서 시계를 자주 보는 것은 적의 수사망에 결정적 단서를 제공할 위험이 있었다. 시간은 육감으로 헤아려야 했다.

두 번째 다리와의 거리가 30미터쯤으로 가까워졌다. 시간은 3분 정도 남아 있을 터였다. 정하섭은 고개를 약간 숙인 채 눈동자만 굴려 우측 천변을 보았다. 양복 차림의 남자가 담배를 피우며 걸어오고 있었다. 정하섭은 가슴의 동요를 느끼며 천변으로 좀 더 가까이 다가가 걸었다. 다리와의 거리가 10미터쯤으로 좁혀지고, 정하섭은 담배를 바꿔 들 준비를 하며 옆 눈길로 건너편 남자를 주시했다. 긴장이 손끝, 발끝, 머리털 하나하나에까지 뻗쳤다. 건너편 남자가 담배를 바꿔 드는 듯했다. 그리고 멈칫하더니 담배를 개천으로 내던졌다. 적이다! 눈앞에 번갯불이 번쩍했고, 건너편 남자가 급히 돌아서는 게 보였다. 정하섭은 전신이 푸드득 경련하는 느낌을 받으며 옆 골목으로 뛰기 시작했다.

"저놈이다, 저놈 잡아라!"

총소리처럼 뒤에서 터진 소리였다.

절대로 뒤돌아보지 마라. 얼굴을 확인시켜 주고, 주력을 떨어뜨리며, 공포심을 키운다. 무조건 돌진하라. 최단 시간 내에 골목을 선택하라. 그러나 골목을 믿지 말라. 막다른 골목일 수 있다. 골목에서 직진하지 말라. 좌우 90도씩 방향을 바꿔라. 이삼 회 방향을 바꾼 다음 대로로 나서서 사람들 사이에 섞여라. 방향을 바꿀 골목이 없으면 담을 타 넘어라. 당성은 정신 무장으로만 이루어지는 것이 아니다. 정신 무장과 함께 신체 단련이 병행되어야 한다.

정하섭의 머릿속에서 한순간에 확대되었다가 사라지는 말들이었다. 그는 두 번째 골목을 좌측으로 꺾어 돌았다. 뒤따라오는 발소리가 들려왔다. 실제 소리인지 환청인지 구분할 수 없었다. 세 번째, 네 번째 골목을 좌측으로만 돌았다. 그렇게 되면 90도가 아니라 180도의 방향 전환으로, 추적자들과 정면이 되는 셈이었다. 그는 안암천으로 나가려 했다. 전진만 하려는 도망자의 심리와, 그것을 믿는 추적자의 습관을 역이용하려는 것이었다. 안암천으로 빠지는 작전은 성공이었다. 안암천 변에 다다라 사방을 살폈

지만 추적자의 발길은 느껴지지 않았다. 그리고 모든 도망자를 차별 없이 감싸주는 자연의 은혜로운 옷인 어둠이 내리고 있었다. 추적자의 발길이 느껴지지 않는다 해도 그 일대는 위험했다.

위험 지대에서는 신속하게 벗어나라. 정하섭은 골목을 타고 삼선교로 빠져 시내로 가는 전차를 탔다. 전차 빈자리에 가서 앉고서야 정하섭은 속옷이 땀에 젖어 있다는 것을 알았다. 긴 숨을 내쉬며 눈을 감았다. 황급히 돌아서던 건너편 남자의 모습이 떠올랐다. 그 사람은 어떻게 위험 상황을 알았을까, 미행당하면서 나를 구하기 위해 그 지점까지 위험을 무릅쓰며 온 것은 아닐까, 나는 아무 낌새도 채지 못했는데, 내가 미숙한 탓인가, 미행당한 것이 아니라 매복이었다면 큰 문제다, 조직에 구멍이 뚫려 있다는 증거이기 때문이다. 어쨌거나 그 사람이 무사해야 할 텐데…….

정하섭은 무의식적으로 혁대에 손이 갔다. 혁대 속, 가죽과 가죽 사이에는 도당에서 중앙당으로 보내는 비밀문서가 들어 있었다. 그 내용이 무언지는 알 수 없었다. 알 필요도 없었다. 세포인 자신의 임무는 도당에서 준 혁대를 찼듯이, 오늘 접선이 성공하면 어디선가 만나게 될 중앙당 간부에게 풀어 주는 것이었다. 만약 체포된다면 그 순간부터 자신이 혁대를 차고 있다는 사실 자체를 망각해야만 한다. 고문이 가혹하면 가혹할수록.

혁명이란 무엇인가. 내가 지금 처한 상황, 그 상황 속에서 행동하고 있는 나, 그 자체가 바로 혁명이다. 그래서 혁명은 치열하며, 외로우며, 희생의 피를 먹고 피어나는 꽃이라야 하는 것이다. 꽃, 혁명을 왜 하필이면 꽃에다 비유한 것일까. 그래, 쓰라림과 고통과 절망 뒤에 오는 혁명의 성공, 그것은 얼마나 기막힌 아름다움이랴. 그것은 바로 인간이 피워 낸 인간의 꽃이다.

지난 10월 1일 중국 땅에는 중화인민공화국이 수립되었다. 중국 공산혁명의 성공이었다. 그날 혁명 전사들은 얼마나 기뻐 날

뛰었을까. 아니다, 그들은 서로를 부둥켜안고 기쁨의 통곡을 했을지 모른다. 지난날의 고통과 고난을 돌이키며, 앞서 죽어 간 동지들을 생각하며, 그들은 아마 통곡했을 것이다. 중국 혁명의 성공은 26년에 걸친 투쟁의 결과고, 그들이 겪은 온갖 수난 속에 5만 리 대장정도 들어 있는 것이다.

조선공산당은 24년을 투쟁하고 있으며, 나는 고작 1년일 뿐이다. 그 1년도 그렇게 긴 세월처럼 느껴지는데, 24년 전 조선공산당을 결성했던 분들은 엄연히 지금도 투쟁하고 있지 않은가. 그분들이 겪어 낸 그 세월을 그분들은 대체 얼마나 길게 느끼고 있을까. 그분들의 투쟁을 훼손하지는 않도록 각오를 새롭게 하자. 혁명의 그날, 하나의 꽃으로 맘껏 통곡할 것을 믿자. 정하섭은 어금니를 꾹 맞물었다.

조계산 지구로 들어갔던 하대치가 염상진의 지령을 가지고 돌아왔다. 중대장급으로 강동식을 포함해 세 명을 뽑아 보내 달라는 내용이었다. 안창민은 그 지령에서 지구 사령부 중심의 무장 병력화를 다시 실감했다. 며칠 전인 27일에 무장 부대 300여 명이 진주 시내를 기습했다는 사실을 신문은 요란하게 보도했다. 그것도 다 새 계획의 하나로 이루어진 작전임을 알 수 있었다.

안창민은 곧 회의를 소집했다. 중대장급이라고 대상이 명시되었고, 강동식은 이미 지목되었으므로 나머지 두 사람을 고르는데는 별로 시간이 걸리지 않았다.

"위원장님, 우리도 율어를 지켜야 하는데 인원 차출은 곤란하지 않을까요."

이해룡이 신중하게 입을 뗐다.

"맞구만이라. 군경이 보성, 벌교 양쪽에서 밀고 들어오면 당해내기 어렵지 않겠는가요."

오판돌이 심각한 얼굴로 말했다.

"우리 군당만 생각하면 두 분 말씀이 맞습니다. 그러나 우리 군당은 어디까지나 도당의 지령을 받아 움직이는 도당 조직의 일붑니다. 도당은 세밀한 정보를 토대로 종합적인 작전 계획을 세우고 있습니다. 그러니 걱정들 안 하셔도 될 것입니다."

안창민이 차분하게 말했다.

"그럴 거다 허면서도 사람이 자꾸 빠져나가니께 맘이 껄쩍지근헌 것이제라."

오판돌이 여유 있게 웃으며 말했다.

"당연한 염렵니다. 그럼, 회의는 이만 끝내도록 하지요."

말이 없었지만 하대치도 같은 걱정을 했으리라고 안창민은 생각했다. 그 불안감은 자신도 가지고 있었던 것이다.

"위원장님, 부르셨는가요?"

강동식이었다.

"예, 이쪽으로 앉으세요."

안창민은 의자에서 일어나 강동식을 맞았다.

"다른 게 아니라, 당에서는 강 동무가 군당을 떠나 투쟁 사업을 하도록 결정했습니다."

"야아? 거, 거기가 어딘게라?"

강동식이 다급하게 물었다.

"염상진 대장 부대가 될 것 같소."

"허면, 언제 떠야 허는가요?"

"모렙니다."

"모레, 모레……."

강동식은 무슨 생각을 하는 얼굴로 중얼거렸다.

3

두 형제의 야행

　기차에서 내린 김범우의 눈에 고깔 모양의 첨산이 가장 먼저 들어왔다. 언제 보아도 단아한 그 모습이 푸른 하늘을 배경으로 유난히 선명해 보였다. 김범우는 한껏 숨을 들이켰다 토해 내며 갯내음과 땅 내음이 어우러진 고향의 냄새를 음미했다. 숨을 들이켰다 내쉬는 그 짧은 시간만은 머릿속을 깨끗이 비울 수 있었다. 아버지가 입원했다는 사실까지도.

　역을 벗어난 김범우의 발길이 빨라졌다. 그는 아버지가 입원했다는 전보를 받고 내려오는 길이었다. 전보는 으레 좋은 일보다는 궂은일에 쓰일 때가 잦았고, 그럴 경우 그것은 터무니없이 냉정하게 마련이었다. '부친급입원급래요망모.' 살점 하나 없이 골격

만으로 된 인체도와 같은 열 개의 글자. 그 생략될 대로 생략된 열 개의 글자 중에 두 개나 들어 있는 '급' 자는 사람을 턱없이 허둥거리게 만들었다.

"어찌 되셨습니까?"

김범우는 전 원장을 보자마자 인사를 차릴 겨를도 없이 물었다.

"김 선생, 오랜만입니다."

전 원장은 웃으며 손을 내밀었다. 김범우는 손을 잡으며 위기를 넘겼을 거라고 직감했다.

"걱정 마세요, 무사하십니다."

전 원장이 눈짓으로 입원실 쪽을 가리켰다.

"감사합니다. 저는 일 당하는 줄 알았습니다."

김범우가 비로소 웃음을 지었다.

"주무실지 모르니까 간호원보고 다녀오게 하죠." 전 원장은 자리를 권하고는 "아마 급체하셨던 모양입니다. 체력이 약하신 데다 호흡곤란이 겹쳐서 한때 당황하기도 했어요. 원체 어르신 정신력이 강건하셔서서 고빌 넘겼습니다."라고 설명하고 나서, 간호원을 불러 입원실을 살피고 오라고 일렀다.

"원장님 의술이 저희 집안을 구해 주셨습니다. 정말 고맙습니다."

김범우는 고개를 숙여 감사를 표했다.

"아닙니다, 의술이 변변찮아 김 선생을 내려오게 만들었는걸요.

그래 서울 생활은 어떠십니까?"

전 원장이 쑥스러워하며 화제를 바꾸었다.

"세상 돌아가는 것을 제대로 알 수 없어 답답하던 게 풀릴 줄 알았는데, 정작 서울에 가 보니 어수선하고 소란스러운 게 복잡하기만 합니다. 여긴 별일 없었습니까?"

"웬걸요, 농지개혁법이 공포되고 난 뒤로 일정 때보다 더 심하게 소작쟁의가 일어났습니다. 벌교만이 아니라 곳곳에서 일어나는데, 일정 때야 사람이 죽는 일까지야 없었지 않아요."

"누가 죽기도 했습니까?"

김범우가 눈을 크게 떴다.

"술도가 정 사장이 얼마 전에 소작인 낫에 찍혀 죽었습니다."

"정현동 씨가요?"

김범우의 뇌리에는 정현동과 정하섭이 동시에 떠올랐다.

전 원장은 정현동이 죽게 된 경위를 전했다. 김범우는 고개를 끄덕이다가 불쑥 말했다.

"그 사람, 죽음을 자초했군요."

"과욕을 부린 것 같아요. 그나저나 이러다가 무슨 큰일이 벌어지게 생겼어요. 농지개혁법을 바꾸든, 지주들의 그런 행동을 법으로 단속하든 해야지, 소작인들을 나쁘다고 할 수는 없지 않습니까."

"정당한 권리를 주장하는 소작인들이 나쁠 리 없지요. 그렇다고 정부가 법을 바꿀 리도 없고, 지주들이 그런 못된 짓을 멈출리도 없고요."

김범우는 쓰게 웃었다.

"그럼 세상이 어찌 되겠어요. 소작인들은 점점 한 덩어리가 돼가면서 거칠어지고 있는데."

"지주들 편에 선 정부는 끄떡 안 합니다. 군인이나 경찰이 있는데 소작인들을 무서워하겠습니까."

"상황이 그렇지가 않은데두요."

"정치하는 자들이 다 알면서도 억누르면 된다고 생각하는 한도리 없습니다. 전국에서 소작인들 난리가 일어나고, 정부가 엎어져야 해결될 일입니다. 내란은 괜히 일어나는 게 아닙니다. 지금정치하는 꼴은 내란을 조장하는 거나 마찬가집니다. 갑오난이 괜히 일어난 게 아니듯이 이대로 가다간 또 그런 농민 난리가 일어나게 돼 있습니다. 그때는 동학사상이 농민들을 일으키는 불씨가됐고, 이번에는 공산주의가 불씨가 되는 것만 다를 뿐이겠죠."

"이거 참 큰일입니다."

전 원장은 불안한 얼굴로 손바닥을 맞비볐다.

"원장님, 방금 잠에서 깨셨습니다."

간호원이 두 손을 흰 가운 앞에 모으며 말했다.

"수고했어요. 김 선생, 가 보실까요?"

전 원장을 따라 김범우도 일어섰다.

"어르신, 둘째 아드님이 내려왔습니다."

전 원장이 나직하게 말했고, 아버지는 몸을 일으키려 했다.

"아버님, 그냥 누워 계십시오. 접니다."

김범우는 아버지 옆에 무릎 꿇어 앉으며 말했다.

"그래, 먼 길 뭐하러 왔냐."

일어나기를 그만둔 김사용이 아들에게 눈길을 돌렸다. 김범우는 아버지를 보는 순간 가슴이 섬뜩했다. 살이라고는 없는 얼굴에 저승꽃이 부쩍 늘어 있었다. 정말 일 당할 뻔했다는 생각이 들었다.

"좀 어떠신지요."

"이만허면 다 나았다. 그래, 공부는 자리가 잡혔냐?"

"예, 그냥 그만합니다."

김범우는 이 짧은 대답이 목에 가시로 걸려 쉽게 나오지 않았다. 이학송의 알선으로 통신사에 나가기 시작한 지 두 달이 되었던 것이다.

"세상이 어지러울수록 진중해야 하니라. 니 어무니는 뵀냐?"

"아닙니다, 역에서 바로 왔습니다."

"날 봤으니 인제 어무니 가서 뵈어라. 니를 봐야 맘을 놓을 것이다."

그렇게 말하는 아버지의 얼굴에 희미한 안도의 웃음이 스쳤다.

"예, 그럼 일어나겠습니다."

김범우는 느리게 몸을 일으켰다.

김범우는 아버지의 발병과 치료 과정을 어머니에게 자세히 들었다. 말이 없는 편인 어머니가 길게 이야기한 것은 그만큼 충격이 컸다는 뜻이었다. 그러고 났는데 권 서장에게서 전화가 왔다.

"오랜만입니다, 권 서장님. 제가 온 걸 어떻게 아셨습니까?"

"서장이 그걸 몰라서야 되겠습니까?"

권 서장의 웃음기 섞은 농담이었다.

"허, 정보망이 쫙 깔렸다는 얘긴데, 별로 기분 좋진 않은데요. 어쩐 일이십니까?"

"계엄사령관이 잠깐 뵈었으면 하는군요."

"저를요? 용건이 뭔가요?"

김범우는 거부감이 생겼다.

"제 예측인데, 손 선생이 김 선생한테 갔을지 모른다고 누가 귀띔하지 않았나 싶습니다. 그렇지 않고서야 김 선생을 만날 이유가 없거든요."

"아니, 손승호 그 사람한테 무슨 일 생겼습니까?"

김범우는 권 서장한테까지 시침을 뗄 필요를 느꼈다.

"김 선생은 전혀 모르시고 계시군요."

권 서장은 자신의 말을 믿는 듯했다. 김범우는 미안하기도 했지만 그가 모르는 게 낫다고 생각했다.

"손승호가 여기 없는 모양인데, 무슨 일입니까?"

못을 치기 위해 그는 다시 물었다.

"전화로 말씀드리긴 좀 곤란하구요, 좀 나와 주시겠습니까?"

"알지도 못하는 일에 조사를 받으러 가는 건 좀 곤란하지 않겠습니까? 조사 협조라면 그쪽에서 절 찾아와야 절차에 맞는 공무 집행 태도고요."

"김 선생님, 절 만난다 생각하시고 잠시 나와 주십시오. 심 사령관님 소식도 좀 들을 겸, 절 좀 도와주십시오."

김범우는 심재모라는 말에 그만 마음을 굽히고 말았다.

"선생, 혹시 서울에 손승호란 자의 은신처를 제공하고 있는 거 아닙니까?"

형식적인 인사가 끝나자마자 백남식이 대뜸 던진 말이었다. 완전히 혐의자를 다루는 태도였다.

"그게 갑자기 무슨 말입니까?"

김범우는 백남식을 맞쏘아보며 반문했다.

이런 식으로 시작된 백남식과의 대화는 끝내 기분이 언짢게 끝났다. 백남식은 손승호를 위장 전향한 빨갱이로 못 박고 있었으

므로 김범우를 곱게 대할 리 없었고, 김범우 또한 서민영 선생을
통해서 백남식의 됨됨이를 들은 터라 태도가 좋을 리 없었다.

"빨갱이 은닉죄는 빨갱이와 똑같이 취급된다는 걸 아시오!"

"잘 알고 있으니 걱정 마시오."

두 사람의 대좌는 이렇게 끝났다.

"기분 나쁘게 생각지 마세요. 성질이 좀 그렇습니다."

권 서장이 정문을 나서며 말했다.

"성질이 아니라 일본 놈 장교 그대롭니다. 독립군 등에 총질하
던 저런 놈들이 판을 치고 있으니 원."

김범우는 말을 중단하고 말았다. 권 서장의 전력도 마찬가지였
던 것이다.

두 개의 그림자가 소리 없이 담을 넘더니 어둠을 헤치며 뒤란
을 돌아갔다. 그림자는 처마 밑을 따라 빠르게 움직였다. 그림자
하나가 왼쪽 방을 손가락질했다. 다른 그림자가 고개를 끄덕였다.
두 그림자가 마루로 올라섰다. 마루가 가늘게 신음했다.

"거, 거기 뉘, 뉘기여!"

겁에 질린 늙은 여자의 목소리가 비어져 나왔다. 두 그림자가
벽에 붙은 채 꼼짝하지 않았다.

"거기, 바깥에 누구냐니께?"

여자의 목소리가 조금 더 커졌다.

"니가 가서 저 노친네 주딩이 틀어막어."

그림자 하나가 속삭였다.

그때였다.

"상구야, 일나거라아!"

늙은 여자의 통곡 같은 외침이 터졌다. 그와 함께 두 그림자가 방문을 하나씩 걷어찼다. 그리고 총성이 울렸다. 느닷없이 어둠을 찢던 총소리가 이내 뚝 끊어졌다. 여자의 방문을 걷어찼던 그림자가 허둥지둥 옆방으로 옮겨 갔다. 어둠에 익은 그의 눈에 두 사람이 쓰러져 있는 모습이 보였다.

"성님, 성님, 정신 차리씨요."

그는 문 가까이에 쓰러진 사람을 흔들었다.

"저놈이 꼬꾸라지면서 나를 쐈다……. 저놈이 뒤졌응께……. 인제 되았다……."

"성님, 싸게 일어나씨요, 총소리 났응께 순사들이 금방 쫓아올 것이구만요."

그는 쓰러진 사람을 일으켜 세우며 숨을 몰아쉬었다.

"나는 가슴을 맞었응께……. 니나, 니나 가……. 내 총 갖고……."

그가 몸을 받쳤지만 쓰러진 사람은 몸을 가누지 못한 채 숨을

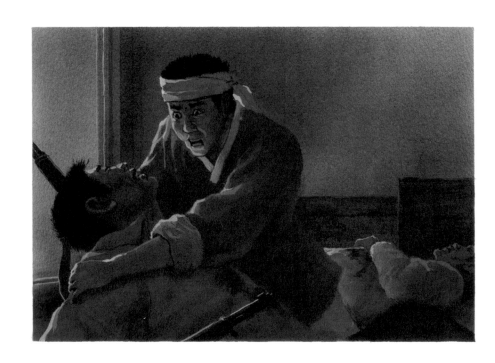

헉헉 댔다.

"성님, 기운 차리씨요. 안창민 동무 생각허고 기운만 차리면 사
요. 일로 업히씨요."

그는 총 두 자루를 한쪽 어깨에 몰아서 멘 채 총 맞은 사람을
들쳐 업었다. 그리고 고샅 어둠 속으로 사라졌다.

벽에 붙어 서서 밖의 동정을 살피던 호산댁은 그림자가 사립을
나가는 것을 보고야 아들 방으로 내달았다. 배를 움켜잡은 아들

이 모로 쓰러져 있었다.

"상구야, 상구야!"

호산댁은 아들에게로 달려들었다.

"워메, 요 피!"

호산댁은 질겁했다. 배를 움켜잡은 아들의 두 손은 피범벅이었고, 방바닥에도 피가 흥건했다.

"어엄니, 마당에다 싸게 불 피우씨요. 군인들이 여긴지 알게 싸게 마당에 불 피우씨요."

눈을 치뜬 염상구가 빠득빠득 이빨을 갈며 말했다.

"오냐, 알았다."

호산댁은 헛간으로 달려가 짚단을 한 아름 가져다가 마당 가운데다 내던지고 불을 붙였다. 마당이 환해졌다. 염상구는 흐려지는 의식 속에서 마당의 불길을 느꼈다. 문이 박살 나면서 잠이 깬 그는 머리맡의 권총을 집었고, 눈에서 불이 번쩍 튀는 것을 느끼며 그림자를 향해 방아쇠를 당겼다. 그리고 쓰러졌는데 또 하나가 방으로 뛰어들었다. 그때는 권총을 떨어뜨린 뒤였다. 배가 찢어지는 고통 속에서도 손에 권총만 있다면 그놈도 쏠 수 있다고 생각했다. 그러나 권총을 찾아 몸을 움직였다가는 상대방이 먼저 총질을 해 버릴 것이었다. 그냥 죽은 듯이 있을 수밖에 없었다.

여럿이 뛰는 구둣발 소리가 울렸다. 짚단을 태우던 호산댁이 밖으로 달려가며 소리쳤다.

"여기요, 여기!"

"무슨 일이요, 무슨 일!"

군인들이 마당으로 뛰어들었다.

강동기는 부용산 자락을 타고 홍태거리께의 뒷산에 이르러 뒤따라오는 총소리를 들었다. 총소리가 들리자 새로운 기운으로 어둠을 헤쳤다. 등에 업힌 형은 부용산을 벗어나기도 전에 숨이 끊어졌다. "내가 이리 죽을란 거이…… 아닌디……. 대장님헌티……." 그리고 숨을 거두었다. 숨을 거두자 한결 무거워진 형을 다시 업은 강동기는 율어 쪽으로 기를 쓰며 걸었다.

"혁명 전사에게는 절대로 지켜야 할 두 가지 사항이 있다. 첫째는 동지의 목숨은 바로 내 목숨이므로 서로 아끼고 받들어야 한다. 개인 문제로 다투는 것, 뒤에서 헐뜯는 것, 특히 투쟁 중에 전사한 동지를 적진에 버리고 오는 것은 절대로 용서될 수 없다. 전사한 동지는 반드시 옮겨다가 장사 지내야 한다. 거리가 너무 멀거나 다급한 경우에는 적당한 자리를 골라 묻어 주어야 한다. 둘째는 총을 내 생명과 똑같이 귀하게 여겨야 한다. 총을 함부로 다루는 것, 총을 잃어버리는 것, 특히 자기 총이 아니라고 적진에 총을 버리는 것은 절대 용서할 수 없다. 적은 모두 총으로 무장했는데 우린 반의반밖에 무장되지 않았기 때문이다."

염상진 대장이 학습 때마다 강조한 가르침이었다. 그 가르침이 아니더라도 강동기는 차마 형의 시체를 적진에 버리고 갈 수 없었다. 시체가 적의 수중에 들어가면 형은 거적 위에 눕혀져 역 앞 마당에서 구경거리가 될 것이다. 그건 형을 두 번 죽이는 일이고, 형수가 그 꼴을 보게 할 수는 없었다.

호산댁은 병원 진찰실 구석에 옹송그리고 앉아 있었다. 밤새워 한 수술이 진작 끝났고, 생명에는 지장이 없다는 의사의 말에도 호산댁은 그 자리를 줄기차게 지켰다. 총알이 왼쪽 옆구리를 뚫고 나갔는데 다행히 내장은 다치지 않았다고 했다. 총알이 한두 치 더 안쪽으로 박혔다면…… 호산댁은 생각만으로도 가슴이 벌떡거렸다.

염상구가 총을 맞았다는 사실을 가장 먼저 안 민간인은 외서 댁이었다. 한밤중에 들이닥친 군인과 경찰들에게 외서댁은 속곳 바람으로 끌려 나왔고, 집 안을 샅샅이 뒤짐 당해야 했다.

"니 남편 강동식이 어딨어?"

"무슨 소리다요, 그림자도 안 비쳤는디라."

외서댁은 눈부신 전짓불 빛이 쏟아지는 속에서 한사코 만삭으로 부풀어 오른 배를 가리려 애썼다.

"그 새끼 초저녁에 여기 왔었지."

"아니구만이라, 아니어라."

외서댁은 머리까지 홰홰 저었다.

"바른대로 말해!"

어떤 손이 머리채를 낚아챘다.

"안 왔응께 안 왔다고 허는디 왜 이래 쌓소."

외서댁의 목소리가 메어 들었다.

"그 새끼가 틀림없겠지?"

손이 외서댁의 머리채를 놓으며 누구에겐가 말했다.

"염상구가 병원으로 실려 가면서 강동식이라고 했다니까 틀림 없겠지."

"염상구는 살아날 가망은 있는가?"

"두고 봐야지. 근데 여기다 두어 명 잠복시키면 어떨까? 만일을 위해서."

"그게 좋겠군."

남편이 나타나기를 기다리며 총을 겨누고 있는 두 사람을 밖에 다 둔 외서댁은 방구석에 쪼그리고 앉아 뜬눈으로 밤을 새웠다. 그녀는 밤새도록, 제발 오지 마씨요, 칵 뒤져 뿌러라, 두 가지 말을 되뇌었다.

날이 밝아 나가 보니 잠복했던 사람들은 떠나고 없었다. 외서댁은 병원 쪽으로 가 알아보고 싶었지만 흉거리가 분명한 부른 배로 읍내에 갈 용기가 나지 않았다. 그래서 동서를 찾아갔다.

"내가 핑허니 댕겨오제라." 외서댁의 이야기를 들은 남양댁은 흔쾌히 대답하고는 "참말로 시아주버니가 제일이시요. 성님 원수 갚을라고 그놈을 쏜 것인디, 고런 장헌 남편 뫼셨으니 성님은 얼마나 좋소."라며 탄복했다.

그러나 동서가 가져온 소식에 외서댁은 무릎이 꺾였고, 나흘 뒤에 은밀히 전해진 소식에는 혼절하고 말았다.

4

태백산맥에 내린 소개령

강원도 산은 전라도 산과 사뭇 달랐다. 전라도 산은 나지막하면서 둥그스름한데 강원도 산은 억센 각을 이루며 높이 솟구쳐 있었다. 산뿐만 아니라 사람도 달랐다. 깊은 산으로만 이루어지다시피 한 땅에 밭을 일구며 사는 강원도 사람들은 대체로 양순하고 소박한 듯했다. 무슨 말인가를 감춘 채 적의를 품고 있는 듯한 얼굴과, 눈을 내리깔고 있으면서도 세상 돌아가는 것을 파악하느라 순간순간 눈을 번뜩이는 전라도 사람에 비해 강원도 사람은 그저 덤덤하고 묵묵했다. 심재모가 그 원인을 찾아내는 데는 손승호의 말이 열쇠가 되었다. 전라도 사람은 논밭이 넓은 땅에 살면서도 거의가 소작인이고, 강원도 사람들은 비록 산골 비탈밭을 일구어도 그것이 자기 소유였다. 빼앗기며 사는 사람들과 빼앗기지 않고 사는 사람들과의 차이는 그처럼 컸다.

그런데 강원도 사람을 전라도 사람처럼 만들어야 하는 일로 심재모는 고심하고 있었다. 그의 임무는 인민 해방 투쟁이란 이름으로 이북에서 넘어와 태백산맥 줄기에 퍼져 있는 적을 소탕하는 것만이 아니었다. 적 소탕을 위해 적들에게 식량과 잠자리 제공하는 산골 마을 사람들을 가까운 읍이나 면으로 소개시켜야 했다. 적을 산중에 고립시켜 섬멸하는 동계 대공세 작전 앞에서 소개는 전투보다 더 중요한 문제였다. 그러나 산마을 사람들은 소개령을 순순히 따르지 않았다. 불같이 닦달하는 상부와 집을 떠나지 않으려는 산마을 사람들 사이에서 심재모는 곤혹스럽기 그지없었다. 작전 수행을 위해서는 소개가 불가피했고, 겨우살이 준비를 끝낸 11월에 느닷없이 집을 떠나라는 말에 사람들이 저항하는 것 또한 당연했다.

"무조건 몰아내. 나오지 않는 것들은 모두 통비분자로 보고 사살한다고 하란 말이오."

연대장은 날마다 전화통 속에서 소리를 질러 댔다. 그 '무조건 몰아내'라는 우격다짐이 심재모를 곤혹스럽게 만들었다. 소개령을 내렸으면 그에 따른 최소한의 대비책은 마련되어야 했다. 사람이 살아가려면 먹고 입고, 잠잘 곳이 있어야 한다. 먹을 것, 입을 것은 당사자들이 해결한다 해도 잠잘 곳은 마땅히 해결해 줘야 했다. 더구나 여름도 아닌 겨울이었다. 그런데 상부에서는 무조건 몰아내라고 답치고 있었다.

게다가 산골 사람들은 좌익 때문에 자기들이 마을을 떠나야 한다는 사실 자체를 이해하지 못했다.

"그 사람들, 하나도 안 나쁜데. 예의 차려 밥 좀 달라고 허구, 잠 좀 재워 달라고 허구, 그뿐인걸유."

한 남자는 이렇게 말하며 눈을 껌벅거렸다.

"살기 좋은 나라 만든다는 거 아닌가유. 살기 좋은 나라가 된다 해도 우리 같은 사람 살기야 그게 그거겠지만서도, 고생하는 사람들 밥 좀 주는 게 무슨 잘못이겠어유."

다른 남자의 태평스러운 말이었다.

전라도 소작인들이 좌익에 호감을 가지고 있으면서도 그 감정을 감추는 것과는 대조적이었다. 강원도 산골 사람들은 소박한 인간적 감정으로 좌익을 대하는 것이고, 전라도 소작인들은 좌익이 세상을 뒤바꿔 주기를 기대하기 때문이라고 할 수밖에 없었다. 그것도 빼앗기지 않고 사는 사람과 빼앗기고 사는 사람의 차이라고 할 수 있었다.

"총은 장난감으로 가지고 다니나! 빨랑빨랑 몰아내라구."

그 악의 없는 사람들을 총으로 협박할 수밖에 없는 괴로움을 심재모는 혼자 씹었다.

그렇게 강행한 소개는 벌써 말썽을 일으키고 있었다. 소개당한 사람들에게 천막을 한 장씩 나눠 주다가 수가 불어나 그마저 줄 수 없게 되고 말았다. 천막을 치고 겨울을 나는 것도 말이 아닌데, 그마저 지급이 중단된 것은 얼어 죽으라는 말이었다. 그 행정의 무책임 앞에서 사람들은 집으로 되돌아가려 했고, 그것이 저지당하자 읍사무소나 면사무소로 몰려갔다. 살 집을 내놓든지, 집으로 돌아가게 해 주든지 하라는 것이었다. 그러나 집이 이미 불타 없어졌다는 것을 그들은 알지 못했다.

심재모는 사령부의 성화를 더는 견뎌 낼 수가 없어 소대 선임 하사들을 불러 모았다.

"이제 방법이 없으니 아직 소개가 안 된 마을은 사오 일 안으로 소개시키도록 하시오. 사령부의 최후 명령이니까 반드시 완료해야 하오. 사람을 다치게 하지 않는 범위 내에서 강압적으로라도 시행해 주시오. 그리고 집 소각은 절대 비밀이오. 만약 그 사실이 알려지면 그들은 사생결단 덤빌 것이오."

심재모는 단호하게 말했다.

그런데 면과 읍마다 일어난 말썽은 위로 번져 마침내 도청의 문젯거리가 되었다. 도청이라고 해서 그 많은 사람의 주거를 해결할 예산이 있을 리 없었다. 그렇다고 멀쩡한 사람들을 얼어 죽게 만

들어 놓고 모른 척할 수도 없었다. 도지사는 토벌 사령관의 무모한 행위를 비난했고, 토벌 사령관은 국토방위를 위한 작전이라는 식으로 대응했다. 그 일이 신문에 나면서 수많은 양민의 생존을 위협해서는 안 된다는 여론이 일었다. 결국 그 문제는 국회의 안건으로 채택되었다. 심재모는 그 과정을 지켜보면서 선임하사들에게 소개 작전을 중단하라고 명령했다. 그러나 국회는 소개령 발동이 타당하다고 결정했다. 하지만 소개당한 사람들의 주거 대책은 세우지 않았다. 국민을 위해 일한다는 국회가 하는 꼴을 보며 심재모는 자신의 일에 다시금 회의를 느껴야 했다.

국회의 결정이 나자 심재모는 책임 완수를 위해 행동할 수밖에 없었다. 기둥을 붙들고 늘어지는 사람들을 외면한 채 공포를 쏘게 했고, 불길에 휩싸인 너와집들을 바라보며 한숨을 쉬어야 했다. 그런 심재모의 마음에는 또 다른 근심거리가 자리 잡고 있었다.

"지가…… 그 손수건을……."

시골티가 역력한 처녀가 얼굴을 들지 못하고 더듬거렸을 때 심재모는 '사령관님을 멀리서 등대불로 삼고 있는 못난 여자'가 바로 그녀임을 알아챘다. 심재모는 자신이 거쳐 온 길을 저 여자가 어떻게 찾아왔는지 도무지 믿어지지 않았다.

"어떻게 여기까지 찾아오셨나요?"

"수원 집에 가서 심부름 가는 길이라고 둘러대고…… 물어물어 찾아왔구만요."

순덕이라는 수더분하게 생긴 처녀. 부끄럼을 잘 타는 포근한 느낌의 얼굴에서 눈이 유난히 선량해 보였다.

"지는 인제 집으로 못 가는구만요. ……제발 가라고 허지 마시씨요."

그녀의 눈에 애원의 눈물이 그렁그렁했다. 그 눈물 앞에 심재모는 그녀를 모질게 돌려세우지 못했다. 그녀는 어물어물 하숙집 딸 방에 머물게 되었다. 심재모는 자기 하나만 보고 그런 행동을 한 그녀를 어떻게 대해야 할지 갈수록 마음에 무게가 더해 갔다.

지리산 지구에도 소개 작전이 벌어졌다. 하루가 다르게 심해지는 추위와 함께 소개되는 마을이 늘어 갔다. 염상진은 부대를 나누어 소개 작전을 벌이는 군경을 기습하는 데 총력을 기울였다. 그러나 수적으로 우세한 군경이 여기저기서 작전을 펴는 데다가, 일단 불이 붙은 집은 손을 쓸 길이 없었다. 옹달샘이나 실개울이 고작인 산마을에서 불길을 잡을 만한 물을 구할 수가 없었던 것이다. 대여섯 채씩 모여 있는 산골 마을들은 산중 투쟁에서, 특히나 겨울 투쟁에는 소중한 임시 거점이었다. 적은 그것을 알고 겨울을 맞으면서 산마을을 초토화시키고 있었다. 동계 대공세가 소

문만이 아니라 현실로 육박해 오는 것을 염상진은 실감했다. 적들은 이번 겨울에 끝장을 보겠다는 속셈이 분명했다. 적들이 고립 섬멸 작전으로 나오고 있으니 이쪽에서는 소조 분산 투쟁으로 대응하면 간단한 일이었다. 다만 산마을들이 초토화되는 상황에서 자연의 악조건은 적보다 무서웠다. 앞으로의 투쟁은 적과

싸우고, 자연의 악조건과 싸우며 어떡하든 살아남는 것이었다. 생존 유지 투쟁은 혁명 과정에서 그 무엇보다 중시해야 할 투쟁이었다. 제주도 투쟁처럼 비극적으로 끝나서는 안 되었다. 제주도는 섬이기 때문에 고립 작전이 성공할 수 있었다. 그러나 지리산 지구는 끝없이 이어진 산이 있고, 그 산줄기를 따라 수만 개의 비트를 만들어 가며 얼마든지 안전을 도모할 수 있었다.

"대장님! 또 경찰이 뵌다는구만이라."

한 사람이 비트로 뛰어들며 알렸다.

"거기가 어디요?"

염상진은 지체 없이 몸을 일으켰다.

"신학리 쪽으로 두 골짝 너머라는구만요."

"갑시다, 거긴 우리 관할이오."

염상진은 비트를 나섰다. 정치위원인 그는 부대를 직접 지휘할 책임은 없었다. 그러나 군당에서 그랬던 것처럼 그는 물러앉아 있기를 원치 않았다. 그래서 정치위원의 직무를 소홀히 하지 않으면서 부대를 지휘하기 위해 사령부 본부중대와 가장 가까운 부대를 맡았다. 사령관과는 매일 한두 차례씩 만났다.

부대원들과 함께 두 개의 산등성이를 넘어서자 염상진의 눈에 산골짜기 아래 불붙은 서너 채의 오두막이 눈에 들어왔다.

"위메, 한발 늦어 뿌렀구만이라."

1소대장이 안타까운 듯 말했다. 군경은 불을 지르고 즉시 퇴각하는 작전을 썼으므로, 집이 불타고 있다는 것은 공격 기회도 놓치고, 산마을 보호도 못했다는 뜻이었다.

"어엄니! 엄니, 나 죽어!"

목 안에서 솟구치는 이 소리를 외서댁은 이빨을 갈며 짓씹었다. 정신이 오락가락하는 속에서도 소리가 문밖으로 새나서는 안 된다는 생각만은 놓치지 않았다.

"잉, 더 힘써라, 쪼깐만 더!"

외서댁의 손을 잡고 힘을 북돋는 어머니의 목소리가 더 크게 울렸다.

"워메, 이 웬수 놈아, 으으윽……."

외서댁은 눈을 부릅떴다. 염상구 놈이 칼로 남편의 가슴을 찍고 있었다. 남편이 시뻘건 피를 철철 흘리고 있었다.

"안 뒤야! 안 뒤야아!"

외서댁은 염상구의 목을 낚아채려고 온 힘을 모았다. 그런데 염상구도 남편도 간 곳이 없고, 아래로 내장이 쏟아지는 기분과 함께 반짝 정신이 들었다.

"되았다! 불거져 부렀다!"

어머니 목소리가 외서댁의 귀를 때렸다. 웬수 놈의 씨가 인제야 떨어져 나갔구마. 외서댁은 왈칵 울음이 솟구치며, 온몸이 한정 없이 아래로 까라졌다.

"아직 정신 놓지 말어."

아이 울음소리가 울리면서 뒤따라 어머니가 한 말이었다. 눈을 감자 양쪽 관자놀이께로 눈물이 흘러내렸다. 감촉이 서늘했다. 첫아이를 낳았을 때도 눈물이 흘렀지만 그때는 서늘한 감촉이 아니라 따뜻하고도 아늑한 감촉이었다. "염병허고, 가시내다." 어머니의 말에 자신은 너무 실망스러웠다. 아이 울음소리가 울리자 문밖에 있던 남편의 목소리가 들려왔다. "뭣인게라?" "잉……." 어머니는 잠시 말을 끊었다가 "가시네구마." 했다. "잘 되았구만요, 첫딸은 살림 밑천이라는디." 남편의 흔쾌한 대꾸였고 "안 섭헌가?" 하고 어머니가 물었다. "섭허기는이라. 그만 낳을 것도 아닌디라." 주저 없는 남편의 대꾸였다. "하면, 아들은 앞으로 낳으면 되제." 어머니의 홀가분해하는 말을 들으며 자신은 잠 속으로 묻혔던 것이다. 그런데 그 남편은 끝내 아들을 보지 못한 채 가고, 자신은 남의 자식을 낳고 말았다.

"염병허고, 꼬치다."

어머니의 말이 외서댁의 가슴을 쳤다. 엄니, 그 말을 뭐허러 허요, 생김도 보지 말고 갖다 주기로 해 놓고. 그녀는 남편에 대한 죄가 다시 사무쳐 와 흐느끼기 시작했다.

"아가, 울지 마라. 하도 기가 차서 안 헐 말을 혔다."

어머니의 손이 이마를 쓰다듬었다.

외서댁의 어머니 밤골댁은 딸이 잠든 것을 보고 나서 아이를 안고 집을 나섰다. 요 질긴 목숨아, 태어나면서 에미 품 떠야 허는 팔자에, 애비는 막돼먹은 왈패 오야붕인디, 앞길이 막막허다. 얼굴까지 덮은 포대기 속에서 자고 있는 아이를 고쳐 안으며 밤골댁은 이런 심란한 생각을 떼칠 수가 없었다.

"손자 받으씨요."

염상구의 어머니 호산댁 앞에 아이를 내려놓으며 밤골댁이 한 냉기 서린 첫마디였다.

"워메!"

호산댁은 소스라쳤다. 요 일을 어쩔 것이다냐. 막연하게 걱정하던 일이 막상 눈앞에 닥치자 호산댁의 생각은 딱 멈춰 버렸다.

"나 가겄소."

밤골댁은 그대로 돌아섰다.

"보씨요, 쪼깐만 있으씨요."

호산댁은 질겁을 하며 밤골댁의 저고리 소매를 붙들었다.

"나 헐 말 없소."

밤골댁의 싸늘한 내침이었다.

"나야 입이 열 개라도 헐 말이 없지만, 저 핏덩이를 덜퍽 놓고 가면 이 늙은것이 어찌겠소."

호산댁의 늙은 얼굴이 울고 있었다.

"죽이든 살리든 거기서 맘대로 헐 일이제 우리야 모를 일이요."

밤골댁이 소매를 뿌리쳤다.

"우리 책임인 것 다 아요. 근디 이 늙은것이 뱃속에서 나온 지 삼칠일도 안 지난 것을 무슨 수로 살리겠소. 우리 아들이 병원에서 나올 때까지만이라도 명줄을 이어 주씨요."

호산댁이 애원했다.

"아들만 불량스런지 알었등마 엄씨까지 뻔뻔스럽소이. 여자가 지 새끼헌티 젖꼭지 한번 물렸다 허면 그 정 떼기가 삭신 잘라 내는 것만치 어렵다는 것을 몰라서 고런 소리 허고 앉었소, 시방?"

밤골댁이 팔을 세차게 뿌리쳤다.

"맘이 급허다 봉께로 내 말이 잘못 나갔소. 우리 나이 든 사람끼리 한 가지만 도와주시씨요. 아기가 젖을 안 빨아도 엄씨 젖이야 불어나는 법인디, 그 아까운 젖 짜내 아무 데나 찌끄리지 말고 나헌테 살짝 넘겨주씨요. 애비가 밉지 새끼가 무슨 죄가 있겠소. 내가 쥐도 새도 모르게 걸음헐 것잉께 짜낸 젖 넘겨주시씨요."

호산댁은 밤골댁을 따라 종종걸음 치며 애원했다.

"모르겠소, 어째야 쓸지."

매정하게 끊어야 된다고 생각하면서도 내버릴 바에야 하는 마음이 들어 밤골댁은 그런 대꾸를 했다.

"고맙구만이라. 그 은혜 안 잊겄소."

호산댁은 허리를 굽혔고, 밤골댁이 아무 말 안 함으로써 그 약속은 이루어졌다.

어머니에게 아이 소식을 들은 염상구는 퇴원하면서 집으로 가지 않고 도래등을 넘어 회정리 3구로 들어섰다.

"워메!"

방문을 열었다가 토방에 선 염상구와 눈이 마주치자 외서댁은 질겁하며 문을 닫아 버렸다.

"대낮에 사람을 보고 어째 그리 놀래고 그러요."

염상구는 점잖게 말하며 문고리를 당겼다. 열리지 않았다.

"문 끌르씨요. 내가 걷기가 몰뚝잖은디도 헐 말이 있어서 일부러 왔소."

염상구는 문을 질벅였다.

"들을 말 없소."

방에서 나온 차가운 말이었다.

"외서댁 위허는 말이오."

"……별 징헌 말 다 있소."

염상구는 울컥 화가 치밀었다. 그러나 좋게 마음 쓰려고 찾아와서 일을 그르쳐서는 안 되었다.

"워메, 요것이 뉘기여!"

마침 집으로 들어서던 밤골댁이 흡 숨길을 멈추며 우뚝 섰다.

"헐 말이 있어서 퇴원허는 길에 찾어왔는디 문을 안 열어 주는 구만이라."

염상구가 변명처럼 말했다.

"헐 말은 무슨 헐 말! 또 못된 짓 헐라고 온 것 아니여? 인제 우리는 청년단이 무섭지 않다는 것을 알아야 써. 강 서방이 죽었응께 우리는 빨갱이 집안이 아니다 그것이여."

밤골댁은 목을 꼿꼿하게 세우고 토방으로 올라섰다.

그 말에 염상구의 성질이 날을 세웠다. 그러나 끝말이 이상하게 가슴을 찔러 왔다. 그 말은 강동식을 죽인 죄책감을 느끼게 한 것이 아니라 묘한 슬픔을 느끼게 했다. 그는 참자고 마음을 눌렀다.

"맘 좋게 먹고 배창새기 땡기는디도 참아 가면서 왔는디 오기 도지게 헐라요?"

염상구는 밤골댁을 보며 쓰게 웃었다.

"세상이 다 아는 못된 속아지에 맘 한번 좋게 먹는다고 얼마나 좋게 먹어지겄어."

밤골댁이 콧방귀를 뀌었다.

"무슨 말인지 들어 보도 않고 그리 오기 지를라요!"

염상구는 버럭 소리를 질렀다. 그리고 입을 딱 벌리며 상처 부위를 감싸안았다.

밤골댁은 아파하는 염상구를 보며, 아이고 꼬시다, 배창시나 팍 터져 뿌러라, 저주했다.

"그려, 기왕 뚫린 귄디 못 들을 것 없제."

밤골댁은 기세 좋게 마루로 올라섰고, 염상구는 마루에 걸터앉았다.

"긍께 나도 총 맞고 병원에 누워서 강동식이, 아니, 아그 아부지가 죽었다는 소식을 듣고 봉께 영판 맘이 지랄 같습디다. 내가 외서댁 가슴에 너무 큰 못을 쳤구나, 허는 죄스런 맘도 생기고. 근디 아그를 낳아서 보냈다는 말을 들은께 그 생각이 더 커지드랑께요. 내가 헐라는 말은 우선, 아그 아부지가 죽은 문제로 나를 원수 삼지 말아 달라는 것이요. 그 사람이 좌익으로 나서서 우리 가슴에다 총구녕 겨누는 것이나, 우리가 좌익 막을라고 좌익 가슴에다 총구녕 겨누는 것이나 피장파장이고, 서로 죽기를 작정허고 나선 쌈잉께 누구 손에 죽으나 매일반인디, 어쩌다 봉께 그 사람허고 나허고 맞붙은 것뿐이다 그것이요. 그라고 나도 그 사람 총에 맞어 요 꼬라지 되었소. 내가 살아난 것은 병원이 가까운 덕이었제, 내가 좌익이고 그 사람이 우익이었다면 내가 죽고 그 사람이 살아났을 것 아니겠소. 내가 진짜배기로 헐라는 말은, 나

도 사람 새긴디 미안스럽고 죄스러워서 외서댁 앞일을 좀 도왔으
면 헌다 그것이요."

"허먼, 우리 딸헌테 장개라도 들겄다는 것잉감?"

밤골댁이 엇지르고 나왔다.

"와따, 사람 노릇 한번 허겄다는디 어찌 그리 삐까닥허게 나가
고 그래 쌓소. 나도 삐까닥허니 나가 볼께라?"

"항, 왈패 곤조 어디 가겄어?"

밤골댁이 정색을 했다.

"허 참, 왈패 곤조통 부릴 데가 없어서 여기서 부려라?"

"아, 싸게싸게 헐 말이나 혀!"

"내가 외서댁을 평생 먹여 살릴 수는 없는 일이고, 무슨 장사라
도 허면서 살 밑천을 장만혀 주겄구만요."

"잉, 그렁께 새끼를 맡아 달라는 것이구만? 아이고메, 우뭉허고
숭허고 징헌 거."

"시끄럽소, 시끄러!"

염상구의 얼굴이 험상궂게 일그러졌다.

"사람이 허는 참말을 끝까지 비비 틀어서 듣는 것이야 당신 맘
대로요. 헌디 내가 고런 생각을 먹고 왔으면 개아들이요. 내 새끼
야 엄니가 키울 것이고, 고것 있다고 살기 불편스런 것 하나 없
소. 청년단 감찰부장 자리가 떨어지겄소, 장가를 못 가겄소? 내

가 원체 불량허다고 소문나서 내 말을 못 믿겄는 모양인디, 나도 양심 쪼가리는 쪼깨 있는 사람 새끼요. 내 말 안 믿은께 그만 가 겄소."

염상구는 벌떡 일어나 지게문을 거칠게 밀고 나갔다.

5

소화의 씻김굿

굿은 이틀 앞으로 다가와 있었고, 소화는 굿 준비를 끝냈다. 눈썰미 좋고 일손이 엽렵한 들몰댁 덕에 일을 쉽게 마무리 짓자, 처음에 내키지 않던 기분도 말끔히 가셨다.

"들몰댁, 고생허시었소."

소화는 잔잔한 웃음을 지었다.

"아니구만이라, 기자님이 애쓰셨제라."

종이 조각을 치우던 들몰댁이 쑥스러워하며 눈길을 피했다.

"길남이가 아직도 서운해헐지 모르겠소. 그 고마운 맘을 무질렀으니, 영 맘에 걸리요."

소화가 나직나직 말했다.

"무슨 말씀이신게라. 다 지 앞길 생각허시는 깊은 맘으로 허신 일인디라. 기자님이 그리 깊은 맘으로 지 자식들을 대혀 주신께 얼마나 고마운지……."

들몰댁은 말끝을 맺지 못했다.

굿 준비에는 한지를 가위질하는 일이 많았다. 길남이가 그 일을 돕겠다고 나섰고, 소화는 허락하지 않았다. 사내아이에게 무당이나 굿이 너무 친숙해지는 걸 막기 위해서였다. 어릴 적에 예사롭게 넘긴 일이 다 큰 다음에 잘못될까 저어했던 것이다. "커서 장헌 일 해야 헐 남자는 요런 짜잔헌 일에 손대는 것이 아니다." 소화는 일부러 엄하게 꾸짖었다. 평소에 꼭 살붙이처럼 따르는 길남이가 입술이 실룩이고 코가 벌름거리도록 울음을 물었지만 달래거나 풀어 주지 않았다.

"들몰댁, 술도가집 좀 댕겨오실라요. 여기 일 끝났다고 알리고, 거기 일 단도리 잘 허라고 일러두는 것이 좋겠소."

"야아, 핑허니 가서 말씀 전허겄구만이라. 무슨 딴 말씀은 없으신게라?"

"떡 좀 푸지게 혀서 돌렸으면 허는디, 너무 인심을 잃었응께요. 근디 그 말을 혀야 좋을지 어쩔지 모르겄소."

"지가 요령지게 전허겄구만이라."

"그럼 찬찬허니 댕겨오시씨요."

들몰댁이 나가자 소화는 사르르 눈을 감았다. 그 얼굴에 발그레 화색이 돋았다. 건강을 되찾은 그녀의 얼굴은 더없이 싱그러웠다. 그러나 그녀의 마음은 산을 굽이굽이 넘어 하늘 끝 그 멀리에 이르러 있었다. 당신을 기다림이 턱없이 큰 욕심임을 알기에, 마음을 묶어 신당에 가두어도, 마음은 어느새 바람이 되어 당신을 찾아 산을 넘고 강을 건넙니다. 내키지 않는 굿을 받아들인 것도 순전히 그분의 아버지인 까닭이었다. 처음 낙안댁이 찾아왔을 때는 말도 다 듣기 전에 퇴하고 말았다.

"밤마다 그 양반이 험헌 꼴로 찾어와서 사람을 괴롭히는디, 나 좀 살려 주소."

이 애원에도 소화는 고개를 저었다.

"한이 많아 이승을 못 뜨는 원혼의 씻김굿이 어렵다는 것 아네. 굿 모시는 택은 원허는 대로 치를 것잉께 나 좀 살려 주소."

이 말에도 소화는 고개를 저었다.

"자네가 지난 일 때문에 나를 사람으로 안 보는갑는디, 망자가 하섭이 아부지란 말이시."

이 말에 소화는 마음의 빗장을 풀지 않을 수 없었고, 사십구재 씻김굿을 하기로 한 것이다.

"소화 씨, 계신가요?"

조심스러운 목소리에 소화는 눈을 떴다. 자신을 '소화 씨'라고 부르는 사람은 이지숙뿐이었다.

"이 선생님, 들어오시씨요."

소화는 반갑게 문을 열었다. 소화는 이지숙을 신뢰하고 친근하게 여기면서도 한편으로는 열등감도 있었다. 아는 것이 많은 이지숙 앞에서 자기는 얼마나 무식한 못난이인가를 알았고, 남자들만 하는 줄 알았던 좌익을 이지숙이 하는 것을 보며 무당 노릇에 서글픔을 느꼈다. 그 서글픔은 정하섭이 자신의 무당 노릇을 어떻게 생각하고 있을지 생각하면 더 커졌다. 그 때문에 이지숙이 가끔 찾아와 하는 말을 한마디도 놓치지 않고 마음에 새기려고 애쓰는지도 몰랐다.

"씻김굿을 하는 모양이지요?"

이지숙이 앉으며 친근한 웃음을 지었다.

"어찌 고런 것까지 아신당가요?"

소화의 큰 눈이 더 커졌다.

"조선 사람이면 그 정도는 당연히 알아야죠. 그런데 몰라서 묻는 거니까 이상하게 생각지 말고 대답해 주세요."

이지숙은 골똘히 생각하는 얼굴이 되었다.

"굿 중에 망자의 혼을 불러 가족에게 망자의 소원을 전하는 대목이 있지요?"

"예, 손대잡이라고 허능마요."

"그래요, 손대잡이. 그때 당골은 혼이 시키는 말만 하나요 아니면, 자기 뜻대로 하고 싶은 말도 하는 건가요?"

이지숙은 신중하게 말했다.

"어째 그러시는디요?"

사르르 냉기가 도는 얼굴로 소화가 되물었다. 이지숙은 소화의 거부를 강하게 느꼈다. 불가침을 향한 어렵고 위험한 질문임을 다시 확인하며 이지숙은 다음 말을 서둘렀다.

"만약 소화 씨가 어느 한 대목이라도 뜻대로 할 수 있다면, 정 사장이 바닷물을 채우려고 했던 논을 농지개혁 때 작인들에게 넘겨주라는 말을 해 달라는 거예요. 그러면 가족들이 망자의 말을 안 들을 수 없을 것이고, 그 논을 작인들에게 넘겨주면 자그마치 200명 넘는 사람들의 생계가 해결되는 거예요. 그러지 않고 그 땅을 처분해 버리면 지금 소작을 부치고 있는 사람들은 어찌되겠어요. 소화 씨도 아다시피 그 논 때문에 지금 열두 사람이 잡혀가 있잖아요."

"진작 그 말씀부터 허실 일이제라. 지가 워치케든 혀 보겄구만요."

소화는 쑥스러운 듯 가만히 웃으며 고개를 끄덕였다.

어둠살이 번진 정 사장네 마당에 차일이 높게 쳐졌다. 그 안에는 임시로 내건 두 개의 알전구 불빛 아래 굿 준비가 다 갖추어져 있었다. 여덟 폭 병풍 앞에 굿상이 차려져 있는데, 굿상은 오른쪽부터 고조부 내외·증조부 내외·조부 내외 순서였다. 정현동의 굿상은 왼쪽 끝이었는데, 병풍에는 한지를 오려서 사람 형상을 만든 넋전이 붙어 있었다. 굿상 앞에 깔린 덕석 한옆으로는 두루마기에 갓을 쓴 네 남자가 앉아 있었고, 그들 앞에는 북·장구·징·아쟁 같은 악기가 놓여 있었다. 여느 때와는 달리 대문이 활짝 열어 젖혀져 사람들이 마음대로 들락거렸다. 덕석 가장자리로 굿 구경 온 사람들이 벌써 서너 겹을 이루었고, 병풍 뒤로도 빼곡하게 몰려 있었다. 굿이란 원래 구경할 만한 것이었다. 경사굿은 경사굿대로, 흉사굿은 흉사굿대로 서로 마음을 모아 축하하며 즐기고, 애도하며 즐겼다. 아무리 가슴 아픈 흉사굿도 무당의 혼신을 다한 풀이를 따라 흥겨움으로 막음하게 마련이어서, 가슴 미어지는 슬픔으로 시작된 굿도 더덩실 춤추는 기쁨을 나누는 것으로 끝났다. 그렇게 만들어 주는 것이 무당의 신통력이고, 사람들은 그 신통력을 믿고, 의지했다.

소화가 병풍 오른쪽으로 모습을 드러내자 사람들의 수군거림이 뚝 멎었고, 잡이 네 남자도 앉음새를 고쳤다. 그녀의 몸에는 범접할 수 없는 어떤 기운이 서려 있었다. 소화는 고개를 약간 수그린 채 굿상 앞으로 갔다. 길게 끌리는 치마로 발이 보이지 않는 그녀의 가벼운 움직임은 걷는 게 아니라 마치도 사르르 떠가는 듯싶었다. 낙안댁과 상주인 아들은 병풍 오른쪽에 자리 잡았다.

소화는 굿상 앞에 조용히 앉았다. 그리고 징을 왼손으로 잡고 징채를 오른손에 들어 굿의 시작을 아뢰었다.

"아! 해동 조선 전라도 보성군 벌교읍 벌교리, 정씨 가문에서 성주님을 모셔 놓고 선영님을 모셔 놓고 좋은 날을 받아서 이 잔치를 나섰습니다……"

장구·피리·북·아쟁의 반주 속에 징이 동동 동동동 울리며 소화의 주문이 가락을 타고 흘렀다.

몸을 일으킨 소화는 굿상을 향해 가볍게 읍하고 돌아섰다. 웃음기 없는 소화의 얼굴은 발그레하게 물들어 있었다. 소화는 정면을 바라보며 똑바로 걸어갔다. 그 뒤를 잡이들이 악기를 들고 따랐다.

"길 좀 틔우씨요! 길."

들몰댁이 대문 쪽으로 선 사람들을 헤쳤다.

"어째 저리로 갈까?" 젊은 여자가 말했고, "혼맞이헐라는 것이제. 이 집 망자가 집 밖에서 죽었으니 당골이 혼을 집으로 맞아들여야 굿이 될 거 아니겄어." 좀더 나이 먹은 여자의 말이었다.

대문 밖에서 소화의 가락이 다시 들려왔고, 사람들은 숙연한 얼굴로 그 소리에 귀를 기울였다.

소화는 틔어 있는 길을 따라 조용조용 걸어와 다시 덕석으로 올라섰다. 지전을 두 손에 든 소화는 잡이들의 반주를 받으며 가락을 뽑기 시작했고, 가락이 끝나자 춤이 시작되었다. 소화의 휘돌이에 따라 두 개의 지전 다발은 무수히 나부끼는 깃발이 되고, 앞으로 나아가듯 하다가 멈추듯 반회전하며 손목 꺾어 쳐올리면 지전 다발은 활짝 피어나는 흰 꽃송이였다.

소화가 굿상에서 명태를 들고 춤사위와 함께 가락을 읊으며 병풍에 붙은 지방을 차례로 떼어 내 태웠다. 흠향 넉넉히 하셨으니 다른 조상님들은 먼저 가시라는 대목이었다.

마침내 정현동을 위한 씻김굿이 시작되는 참이었다. 고깔이며 장삼을 벗은 소화는 무명 끝을 잡았다. 망자의 한을 푸는 고풀이였다.

"……불쌍헌 망제님 천고에 가 맺혔는가 만고에 맺혔는가. 천고만고에 맺혔으면 천고만고 풀 것이요……."

느릿한 진양조로 시작된 가락은 기구한 사연을 애절한 떨림소리에 실어 흘림 가락으로 넘어가고, 흐르듯 유연한 춤사위가 문득 허공을 쳐올리면 매듭 하나가 풀리고, 쓰다듬듯 부드러운 춤사위가 문득 허공을 헤집으면 또 하나 매듭이 풀려나갔다. 팔이 허공을 가를 때마다 맺힌 매듭이 풀려나가는 무명 폭이 한을 다 삭인 듯 서서히 날려 내리는 사이, 망자의 편안해진 넋을 거두듯 이미 풀린 쪽을 접어 나가는 연속 동작은 슬프고도 아름다운 춤

이었다. 차일 기둥에 묶인 매듭까지 다 풀어낸 소화는 무명을 두 손에 받쳐 올려 하늘을 우러렀다. 낙안댁은 매듭이 풀릴 때마다 빠르게 비비던 손을 모으고 소화를 향해 머리를 조아렸다. 낙안 댁의 볼에는 줄줄이 눈물이 흐르고 있었다.

병풍에 걸쳐 놓았던 망자의 옷이 돗자리 위로 옮겨졌다. 그리고 돗자리를 둘둘 말아 일곱 매듭으로 묶어 세웠다. 그건 망자의 몸이었다. 그 위에 머리를 상징하는 누룩을 올렸다. 누룩 위에 병 풍에서 떼 낸 넋전과 저승 노자인 돈을 넣은 놋쇠 주발인 행기를 올렸다. 행기를 솥뚜껑으로 덮었다. 영돈말이 곧 이슬털기 준비였 다. 망자의 한이 이승에 이슬이 되어 맺혀 있기 때문에 그것을 깨 끗이 씻어 주는 그야말로 '씻김굿'이었다.

눈물을 훔치며 나온 낙안댁이 솥뚜껑을 잡았고, 다른 여자가 돗자리를 붙들었다.

"……불쌍한 금일망제 넋이 되야 오시고 혼이 돼 오셨으니 넋 방에 모시고 혼방에 모셔 천도를 허옵시면……"

춤과 가락이 끝나고 씻김이 시작되었다. 소화는 쑥물을 빗자루 로 찍어 솥뚜껑부터 몸체까지 씻어 내렸다. 다음에 향을 담근 향 물로 씻어 내렸다. 끝으로 청계수로 씻어 내렸다. 그리고 수건으 로 물기를 닦은 다음 지전 다발로 솥뚜껑을 감싸 들었다. 그것을 하늘로 받쳐 올리고 춤을 추었다. 그리고 행기 뚜껑을 열고 넋전을 꺼내 춤을 추었다. 누룩이 내려지고, 소화는 몸체를 받쳐 들고 하늘을 향해 절을 올렸다.

쌀이 수북하게 쌓인 소쿠리 가운데 혼대가 꽂혀 있었다. 혼대를 낙안댁이 조심스럽게 잡았다. 망자의 혼이 혼대를 타고 내리면 혼대를 잡은 사람의 손이 떨리고, 망자가 무당의 입을 빌려 소원을 말하는 손대잡이였다.

지전 다발이 혼대를 감싸 돌고, 낙안댁을 휩싸고 돌며 바람을 일으켰다. 그 바람을 타고 주문이 흘렀다. 낙안댁의 손이 조금씩 떨리기 시작했다. 지전 다발은 더욱 격렬하게 바람을 일으켰고, 낙안댁의 팔도 따라서 심하게 떨렸다.

"임자 임자, 임자 보러 내가 왔네. 엄동설한에 오도 가도 못허고 망망창공 떠도는디 임자가 불러 요리 왔네. 이승 이별하였으면 저승길로 가야는디 내가 어째 망망창공 떠도는지 그 연유를 임자는 알제. 그 연유를 못 풀면 이내 몸은 영겁토록 불망귀신 못 면허니 임자가 풀어 주소."

"말씀허시씨요, 말씀허시씨요. 무슨 말이든 다 들을 팅께 싸게 싸게 말씀허시씨요." 낙안댁은 팔을 무섭게 떨고 눈물을 줄줄 흘리며 애타게 말했다. "워메 용헌 거. 눈 깜짝헐 새에 신 내리게 허는 것 좀 보소.""고것보다 저 목청 좀 들어 보소. 영락없이 정 사장 아니라고." 여자들은 끼리끼리 속달거렸다.

"들소 들소, 내 말 들소, 이내 몸이 죽어서도 암흑천지 망망창공 끝도 없이 떠도는 건 낫에 찍힌 비명횡사 그 까닭이 아니라네. 임자 임자, 내 말 듣고 명심혀서 실행해야 이내 몸이 죄 면혀서 왕생극락 원 푼다네."

"싸게싸게 말씀허씨요, 싸게싸게."

"내가 죽은 그 연고가 내가 지은 죄업인디, 그 죄업을 안 풀면 왕생극락 못 이루네. 임자 임자, 염전 헐란 그 논배미 농지개혁 허거들랑 작인들헌테 넘겨주소. 그 죄업을 풀어야만 왕생극락 이루는디, 임자 맘은 어쩐가. 내 소원을 들을랑가."

"하먼이라, 열 번도 듣제라."

"고맙고도 고맙네. 그 약조를 지키면 이내 몸은 죄업 씻고 왕생극락 헐 것이네. 왕생극락 성취하면 저승에서 두루두루 집안을 살필 거니 걱정 말고 평안하소. 가네 가네 나는 가네, 임자 믿고 나는 가네."

"여엉가암!"

낙안댁은 두 팔을 뻗어 하늘을 향해 울부짖더니 허물어지듯 덕석 위에 쓰러졌다.

"아니, 뭐가 어쩌고 어째!"

전화기를 잡은 백남식은 구둣발로 마룻장을 구르며 목을 찢었다.

"요런 병신 같은 새끼야, 한 놈도 아니고 세 놈씩이나 행방불명이라니!"

"다섯 시간 넘게 수색했지만 못 찾아서 이렇게······."

"마빡에 바람구멍 뚫리고 싶지 않으면 당장 찾아내. 아니면 넌 총살이다, 총살! 계엄하에서 부하를 셋이나 잃은 너 같은 새끼는 즉결 처분이야! 내일 아침까지 다시 보고해."

백남식은 전화통이 깨져라 수화기를 걸고는 숨을 헐떡거렸다. 이거야말로 보통 문제가 아니었다. 기껏 병력 보충을 받아 놓고 작전 개시도 하기 전에 이런 일이 발생한 것이다. 말이 행방불명이지 다섯 시간이나 그 좁은 바닥을 뒤지고도 찾지 못했다면 그건 분명 계획적인 탈영이었다. 탈영이라면 그놈들이 어디로 갔을까. 백남식의 직감은 불길한 쪽으로 쏠렸다. 직감대로 그놈들이 적진으로 도주했다면 예삿일이 아니었다. 병력 잃고, 화력 잃고, 사기 잃고······. 잃는 것이 한두 가지가 아닌 데다 책임 문제까지 뒤따랐다. 여순반란 이후 1년 동안 장교와 하사관을 대상으로 무자비한 숙군을 단행해 군부 안의 좌익을 뿌리 뽑으려 했지만 사병들까지 철저하게 조사할 수는 없었다. 그래서 좌익 의식을 가진 사병을 골라내는 일은 작전에 앞서 지휘관이 해야 할 임무였다. 그런데 세 명이 무기를 가진 채 행방불명이 된 것이었다.

"여태 숨죽이고 있다가 본격적인 작전이 개시될 눈칠 채고 내뺀 거지. 요런 찢어 죽일 새끼들!"

백남식은 빠드드득 이빨을 갈아붙였다.

그의 예측대로 부대를 이탈한 세 명은 조성책 오판돌의 선을 따라 주월산을 넘었다. 세 사람 중에 둘은 작년 12월에 염상진이 조성을 공격했을 때 염상진 앞에 모습을 드러냈던 병사였다. 그들은 염상진의 명령에 따라 다시 부대 안에 잠적했고, 그 선은 오판돌과 연결되었던 것이다. 그들은 1년 동안 오판돌의 지시에 따라 움직이다가 노출 위험에 직면했고, 오판돌은 부대 탈출을 지시했다.

6

산중의 엄동설한

백남식이 200명 병력과 경찰·청년단 병력까지 총동원해서 벌교와 보성 양쪽에서 율어를 협공한 것은 12월 18일이었다.

"나의 작전에는 후퇴가 없다. 오늘 우리는 전진만 한다. 적에게 등을 보이는 자는 가차 없이 즉결 처분이다. 오늘 율어를 점령하지 못하면 점령할 때까지 산에서 버틸 것이다. 단단히 각오하도록!"

백남식이 부하들을 북국민학교 운동장에 모아 놓고 한 말이었다. 그건 허풍이 아니었다. '해방구'를 없애라는 상부의 지시가 그만큼 강력했던 것이다.

백남식 부대는 백동마을이 눈에 띄면서부터 사격을 하기 시작했다. 적의 움직임 때문이 아니라 위협사격이었다. 200여 명이 쏘는 총소리는 산이라도 무너뜨릴 것처럼 요란스러웠다.

안창민과 하대치는 산등성이 바위 뒤에서 적들을 내려다보고 있었다.

"우린 총을 쏠 필요도 없겠소."

안창민이 쓰게 웃으며 말했다.

"금메 말이요. 저리 쏴 질러 대니 즈그 총소리에 즈그 귀창 터져서 우리가 쏘는 소리가 어디 들기겄는가요."

하대치가 고개를 끄덕이며 동의했다.

"갑시다, 우리 계획을 자기들이 미리 알고 저리 도와주니 우리는 이래저래 이익이오."

안창민이 뒤로 앉은걸음을 쳤다.

"저 꼬라지들 참말로 눈 뜨고 못 보겄네. 대포로 팡팡 쏴 질렀으면 속이 시원허겄네."

하대치가 침을 퉤퉤 뱉으며 뒷걸음질했다. 이미 율어를 비운 그들은 적진을 교란시켜 적이 화력이나 소모하게 하면서 뒤로 빠질 계획을 세웠던 것이다.

백남식 부대는 아무런 저항도 받지 않고 산등성이를 넘어섰다.

"이게 어찌 된 일일까요?"

백남식이 불안한 기색으로 권 서장에게 물었다.

"글쎄요……."

권 서장도 고개를 갸웃거리며 아래쪽으로 눈길을 모았다. 둥그스름한 분지 여기저기 마을이 멀리 보였고, 경사를 따라 구불구불한 길과 밭, 그리고 논들이 아스라하게 펼쳐져 있었다.

"적들이 유인작전을 쓰는 것 아니겠소?"

"글쎄요……."

"아니면, 우리 위세에 밀려 다 도망쳐 버린 것 아니겠소?"

"글쎄요……."

"권 서장, 말끝마다 글쎄요, 글쎄요가 뭐요 도대체!"

백남식이 버럭 소리를 질렀다.

"죄송합니다. 너무 뜻밖이라 신중을 기한다는 것이 그리됐습니다."

"좋소, 이것도 저것도 알 수 없으니 아래 동네까지 밀어붙입시다."

가로줄 서기를 한 군경은 비탈을 내려가면서도, 평지의 논밭을 가로지르면서도 총을 갈겨 댔다.

"워메, 저 총알 참말로 아까운 거."

하대치는 아래를 내려다보며 안타까워했다.

"그만 뜹시다. 저자들은 하나도 아까워하지 않는, 얼마든지 있는 물건입니다."

안창민이 카빈총을 고쳐 맸다.

"저 총알 한 개 값이 보리쌀 한 됫박 값은 넘을 것이구만요. 저

것이 결국은 다 인민의 핀디, 저리 헛방질로 쏴 젖히는 걸 보자니 속이 뒤집어질라고 허느만요."

"그렇지요, 인민의 피지요." 안창민은 하대치를 새삼스럽게 보며 "아마 저자들은 그 사실을 죽을 때까지 모를 겁니다. 알려고도 하지 않을 거구요."라며 웃었다.

안창민과 하대치는 부하들을 이끌고 총소리만 들볶아 대는 율어를 등졌다.

아무 저항도 받지 않고 지서를 점령한 백남식은 허탈했다. 부하들에게 창피스럽기도 했다. 적의 그림자도 없는 곳에 대고 줄기차게 헛총질을 했다는 것에 그는 감정이 상했다.

"면민들을 빠짐없이 운동장에 집결시키시오. 여기 사람들은 빨갱이와 오래 붙어살았으니까 사상 조사를 철저히 해야 하오. 그리고 그놈들이 떠나면서 세포를 박았을 테니까 그것도 색출해야겠소."

백남식의 비꼬인 감정은 면민들에게 화살을 겨누게 했다.

"사령관님, 그보다 먼저 적에 대한 대비책부터 세워야 하지 않을까 합니다. 적이 물러가 버린 데는 우리가 모르는 이유가 있을 겁니다. 적이 오늘 밤에라도 기습해 올 수 있으니 병력 배치부터 하고, 면민들 문제는 그다음에 처리해도 늦지 않으리라 생각합니다."

권 서장의 아귀가 맞는 말에 백남식은 달리 대꾸할 말이 없었다.

"그 문제쯤은 다 생각하고 있소. 두 가지를 동시에 처리할 테니 면민들부터 모이게 하시오."

백남식은 위신과 체면을 지키기 위해 빠르게 둘러댔다.

"면민들을 다루는 데도 강경책보다 유화책이 어떨까 합니다. 아시다시피 적들은 면민들에게 선심 공세를 취했습니다. 그렇다고 면민들을 다 좌익 취급할 수도 없고, 또 의심하지 않을 수도 없습니다. 그러니 일단 부드럽게 대하면서 조사는 철저히 해야 하지 않을까 합니다."

권 서장의 말에 고개를 끄덕이면서도 백남식은 전적으로 동의하고 싶지는 않았다.

"권 서장님 말씀 참작하겠으니, 일단 면민들부터 모읍시다. 그런데 남 서장은 왜 이렇게 꾸물거리는 거요!"

백남식은 보성 쪽 지휘를 맡은 남인태를 향해 짜증을 부렸다.

남인태는 한참이 더 지나서야 모습을 드러냈다.

"적정도 없는데 왜 이렇게 늦었소?"

백남식은 남인태를 보자마자 대뜸 쏴 질렀다.

"예상했던 적정이 없을수록 경계를 더 철저하게 해야 하는 것 아닙니까?"

남인태는 태연하게 응수했다.

"경찰서에선 도대체 뭘 하고 있었소. 끈 하나도 제대로 박아 놓지 못하고 말이오."

"내가 벌교를 떠나기 전에는 분명 율어가 빨갱이들 손에 들어가지 않았었고, 보성으로 다시 부임해 와서 보니 빨갱이들이 차지하고 있었소."

"그래, 남 서장한테는 아무 책임도 없다, 그런 말이오?"

백남식이 눈에 각을 세웠다.

"사실이 그렇지 않소. 끈이라는 게 갑자기 박아지는 건 아니잖소."

"다 지난 문젭니다. 적들이 무슨 생각으로 여길 떠났든 한 가지 분명한 사실은 적이 우리와 맞서 싸울 힘이 없다는 것입니다. 그렇지 않고서야 제 발로 물러갈 리 없지 않습니까. 우린 일단 목적을 달성했으니 지난 일 따지지 말고 마음을 합쳐야 한다고 생각합니다."

권 서장은 두 사람 사이에 끼어들어 감정 충돌이 일어나지 않도록 조정했다.

"나도 지난 일 가지고 왈가왈부하고 싶지는 않소."

남인태가 얼른 권 서장의 말에 동의했다. 백남식은 구겨진 얼굴로 담배만 빨고 있었다.

"친애하는 면민 여러분, 그동안 좌익 등쌀에 얼마나 고초가 많았습니까. 진작 좌익을 몰아내서 여러분이 편안하게 살 수 있도록 했어야 하는데, 이렇게 늦어져서 죄송스럽게 생각합니다. 앞으로는……."

백남식의 연설은 이런 식으로 겸손하고도 부드럽게 끝났다. 잔뜩 겁에 질려 있던 면민들은 그 의외의 연설에 손바닥이 얼얼하도록 박수를 쳐 댔다.

그런데 다음 날로 면민들을 괴롭히기 시작한 것은 윤삼걸을 비롯한 지주들이었다. 그들은 제각기 소작인들을 모아 놓고 2년 치 소작료를 내라고 닦달했다. 그들은 소작을 영영 떼겠다, 경찰에 넘기겠다, 집을 빼앗겠다, 할 수 있는 공갈 협박은 다 동원했지만 소작인들은 같은 말만 되풀이했다.

"싹 다 좌익들이 가져가 뿌렀구만이라."

안창민이 떠나면서 면민들에게 알려준 말이었다. "모든 걸 우리한테 떠넘기십시오. 여러분들이 편할 수 있다면 무엇이든 우리한테 떠넘기십시오."

그러자 지주들은 마름 닦달에 나섰다. 그러나 마름들의 말도 한결같았다.

"맞구만이라, 빨갱이들이 다 몰아가 뿌렀구만이라."

마름들은 안창민에게 따로 불려 가 들은 말 때문에 그렇게 대답할 수밖에 없었다. "율어에서 지주 편을 들 사람은 당신들밖에 없소. 만약 작인들이 당한다면 그땐 당신들을 살려 두지 않겠소. 우린 여길 아주 떠나는 게 아니라 잠시 비우는 것뿐이오." 안창민의 차가운 말이었다.

이렇게 되자 지주들은 사람들을 데려가 집뒤짐을 했다. 그러나 그들이 원하는 만큼 곡식이 나올 리 없었다. 소작인들은 곡식을 멀찍이 떨어진 장소에다 감춰 두고 한두 말씩 가져다 먹고 있었던 것이다.

1월로 접어들면서 산중 추위는 혹독해졌다. 게다가 여러 비트에 보관했던 양식은 바닥났고, 군경의 공격은 예상보다 강했다. 낮에만 공격하고 어두워지기 전에 퇴각하던 방법을 버리고 밤중에도 산에다 천막을 칠 정도였다. 날이 갈수록 동상자가 늘어났고, 하루에 한 끼 먹기도 힘들 지경이었다. 돌발전을 계속하다 보니 인원도 날로 줄었다. 적들이라고 사상자가 안 생기는 것은 아니지만 그쪽은 끝없이 보충을 받고 있기 때문에 날이 갈수록 힘의 차이가 벌어지고 있었다.

염상진은 사그라드는 불덩이를 바라본 채 말이 담배를 빨고 있었다.

"무슨 생각을 그리 허시요?"

옆에 앉은 남자가 낮은 소리로 물었다.

"……우리 투쟁이 앞으로 어떻게 돼야 할지 더듬어 보고 있었
지요."

염상진은 그 남자에게로 천천히 고개를 돌렸다. 그는 지구 사령
관 주문철이었다.

"무슨 좋은 방법이 있으시요?"

"방법을 찾긴 해야겠는데……. 이러다가 겨울 넘기기가 어려울
것 같지 않습니까?"

"문제야 문제지요잉. 근디 지리산이나 도당이라고 무슨 수가 있 겠소? 지리산도 우리보다 더 어려우면 어려웠지 낫지는 않을 것 이요."

주문철은 지리산 투쟁 경험을 가진 사람답게 말했다. 집중 표적 이 되어 있는 그곳이 더 어려우리라는 건 당연했다.

"우리의 투쟁이 지금 소모전으로 이어지고 있습니다. 이걸 벗어 날 방안이 생겨야 당에 보고를 해서 시행할 수 있을 텐데, 그게 생각나지 않으니 큰일입니다."

"도당에서 아무 지령이 없는 걸 보면 지금 투쟁이 최선이라는 뜻 아니겠소."

"그건 압니다만, 이래 가지고서야 봄까지 몇이나 살아남겠습니 까. 우리 부대만 해도 벌써 반 가깝게 인원이 줄었습니다. 앞으로 도 그런 희생이 계속될 텐데, 문제 아닌가요?"

"문제야 문젠디, 묘수가 없는 바에야 지금 상황이 최악이면서도 최선이란 뜻 아니겠소?"

말은 아무런 진전 없이 제자리만 맴돌았다. 염상진의 마음에는 한 가지 방법이 있었다. 그것을 당에 건의하기 전에 주문철에게 말해 볼까 하는 생각이었다. 그런데 역시 주문철은 상부의 지시 에 충실히 따르는 군인이지 생각의 폭과 깊이를 가진 사람은 아 니었다. 그런 사람에게 모험성이 강한 생각을 꺼냈다가 괜한 오해를 사고 싶지는 않았다. 주문철은 그 나름의 긍지를 지닌 공산주의자였다. 그는 여순 병란의 주력인 14연대 출신 중사라는 사실과 지리산에서 투쟁했다는 사실을 가슴에 쌍기둥으로 세우고 있었다. 그는 평소에도 자신이 생각에 빠져 있는 것을 별로 달가워하지 않았다. "염 동무는 다 좋은디, 무슨 생각이 그리 많소? 쌈터에서 생각이 많으면 총알 피허기 어려운 법이오." 그는 이렇게 말하고는 했다.

그런 그에게 전사들을 보호하기 위해 위장 자수나 위장 전향을 시키는 게 어떻겠느냐는 말을 꺼낼 수는 없었다. 그러나 자멸이 빤히 내다보이는 상황이라 당의 운명과 투쟁 방법을 생각하지 않을 수 없었다. 이런 극한투쟁 끝에 당이 소멸한다면 투쟁의 의미는 무엇인가. 투쟁은 1차적으로 당의 존속을, 당은 혁명을 위해 복무하는 것 아닌가. 투쟁이 당을 소멸시키면 혁명은 어디서 찾아야 하는가. 이런 극한투쟁은 혁명을 위한 투쟁이 아니라 투쟁을 위한 투쟁이 아닐까. 전사들을 보호하기 위한 위장 자수나 위장 전향은 그런 생각 끝에 한 것이었다.

"대장님, 보급 사업 끝내고 부대가 돌아왔구만요."

비트 밖에서 보초가 보고했고 뒤이어 중대장이 거적을 들추고 들어섰다.

"욜로 앉으씨요. 사업은 잘 끝냈소?"

주문철이 급히 자리를 권하며 물었다.

"대장님, 면목 없습니다."

중대장이 주눅 든 소리로 말했다.

"어째, 무슨 일 났소?"

주문철이 윗몸을 곧추세우며 눈을 부릅떴다.

"한 놈이 째 부렀구만요."

"또!" 주문철이 이빨을 빠드득 갈더니 "긍께 아까 떠날 적에 내가 뭐라고 당부혔소."라며 목소리가 커졌다.

"사령관 동무, 중대장이 책임은 있지만 너무 나무라진 마십시오. 보급 사업하랴, 적 경계하랴, 정신없는 가운데 어둠 속으로 내빼 버린 걸 어쩌겠습니까."

염상진은 거의 다 사그라진 불덩이에 눈길을 보낸 채 담담하게 말했다.

"사업은 어찌 되았소?"

"무사히 끝냈구만요."

"되았소, 가서 쉬씨요."

중대장이 나가자 주문철이 불쑥 말했다.

"학습을 더 철저히 시켜야 되지 않겄소."

"그래야지요."

염상진은 심드렁하게 대꾸하고는 팔베개를 하고 몸을 눕혔다.

눈을 감자 군당의 얼굴들이 떠올랐다. 율어를 버리고 분산 투쟁에 들어간 그들이 잘 견디고 있을지 걱정이었다. 지금의 어려움을 이겨 낼 방법은 기동성밖에 없었다. 적의 예상을 앞질러 끝없이 비트를 옮겨야 하고, 그사이에 적을 기습하고 빠지는 작전을 펴야 했다. 그게 아니면 아예 땅속으로 비트를 파고 들어가 겨울 내내 동면 투쟁을 할 수도 있었다. 그러나 그 경우는 식량이 문제고, 발각되면 몰살을 면키 어려웠다. 이 살을 찢는 추위 속에서 안창민의 다리 상처는 말썽을 부리지나 않는지. 이 혹독한 겨울이 끝날 때가지 모두 살아남아야 한다.

겨울은 추위뿐만 아니라 동상까지 주었다. 수시로 동상 예방 교육을 했지만 말로 동상을 막을 수는 없었다. 거의가 고무신이나 짚신을 신고 있었고, 버선이나 양말마저 신통치 않아 발은 동상 걸릴 준비라도 해 놓은 듯한 형편이었다. 게다가 발이나 날마다 깨끗이 씻으면 모르겠는데, 돌발 상황에 대비하느라 자면서도 신발을 벗을 수 없었다. 염상진은 발가락을 꼼지락거렸다. 따끔거리면서 아릿한 가려움이 헐어 빠진 일본군 지카타비 속에서 부풀어 올랐다. 오른쪽 새끼발가락과 왼쪽 넷째 발가락에 얼음이 박혀 있었던 것이다. 염상진은 사타구니께를 옷 위로 긁적였다. 움직임을 멈추자 이들이 움직이기 시작한 모양이었다. 가만가만 스멀거리고 살금살금 간질거리는 이들의 꼼지락거림은 언제나 짜증스럽고 기분 나빴다. 여름에는 자취도 없던 것들이 겨울만 되면 어디서 생겨나 그렇게 번창하는지 모를 일이었다. 도저히 퇴치가 불가능한 이도 산 생활의 또 다른 적이었다. 제대로 먹지도 못하는 몸뚱어리에 달라붙어 극성스럽게 번창하는 이의 끈질긴 흡혈은 지주들의 지칠 줄 모르는 탐욕적 착취와 너무나 닮았다. 착취계급을 다 없애는 혁명의 그날에나 이놈들도 박멸되려나……. 염상진은 씁쓰레한 웃음을 입가에 물었다.

7

소작인의 의지

군당 야산대 세력이 약화되면서 율어면에 전진기지를 구축하고 있던 백남식 부대는 각 면으로 분산 배치되었다. 어떤 희생을 치르더라도 겨울 안으로 산중 빨갱이들의 씨를 말리라는 상부의 불같은 성화에 따른 적극 작전이었다. 백남식은 병력을 나누어 산골짜기마다 투입하는 작전을 썼다. 이틀 간격으로 교대하는 그 작전은 이동하며 저항하는 적들을 추격하고, 적들이 서로 연락하지 못하게 하는 데 더없이 효과적이었다. 위험부담도 있지만 백남식으로서는 효과만 있다면 주저할 이유가 없었다. 희생된 병력은 보충되게 마련이므로 그의 관심은 빨갱이들을 쓸어 없애는 데만 집중되어 있었다. 그는 분대장들의 전과 보고를 믿지 않았다. 그래서 보고보다는 증거 제일주의를 채택했다. 적을 살해했다는 증거로 코나 귀를 제시해야 했다. 일본 군대에서 배운 방법이었다. 그런 전과를 올린 장병에게 계급 특진이나 표창장이 수여되는 것은 물론이었다.

"남 서장님, 나 백남식이오. 그 문젠 아직도 못 정하고 있는 거요?"

백남식은 전화에 대고 목소리를 높였다.

"아, 마땅한 사람으로 그저께 배치했소."

전화기에서 울리는 남인태의 목소리에도 성깔이 묻어났다.

"그럼 미리 알려 줘야 할 것 아니오. 대체 어떤 사람이오?"

백남식은 남인태의 태도에 배알이 뒤틀려서 더욱 거칠게 말했다.

"그 새끼들이 또 전화선을 잘라서 전화가 불통된 걸 몰라 허는 소리요, 시방?"

백남식은 느닷없이 볼때기를 쥐어질린 기분이었다. 저쪽에서는 공격에 만족이라도 한 듯 잠시 말이 없었다.

"이근술이라고, 회천면에 근무하던 사람을 옮겼소."

"늦었지만, 잘됐소. 근무 철저히 하도록 지시해 주시오."

백남식은 한바탕 몰아치려던 계획이 빗나가자 맥이 빠져 먼저 전화를 끊어 버렸다. 아직도 율어면의 지서 주임 자리를 못 채우고 있으리라고 생각했는데 어떤 얼빠진 놈을 잡아다 앉힌 것이었다.

"하! 지랄허고 여물통 돌리고 자빠졌네. 어따 대고 잘난 척이여."

남인태는 사투리를 내뱉으며 수화기를 내동댕이쳤다. 그러나 그는 겉만 화가 났을 뿐 속까지 화가 난 것은 아니었다. 율어면 지서장 자리를 놓고 보름 남짓한 사이에 거둬들인 옹골찬 수입을 생각하면 자다가도 입이 벌어질 지경이었다. 율어면을 싱겁게 되찾은 뒤에 당연히 경찰력 배치가 뒤따랐다. 그는 아무 생각 없이 전에 근무하던 사람들을 복귀시키려 했다. 그런데 그날 밤 지서장이 집으로 찾아들었다.

"서장님, 제가 저번에 구사일생으로 살아 나왔는디 어찌 또 그 지옥으로 들어가겠는가요. 한 번만 살려 주시씨요. 이거 얼마 안 되는디……."

지서장은 품 안에서 종이에 싼 돈뭉치를 꺼내 방바닥에 밀어 놓았다. 남인태는 순간 심장이 찌르르 울렸다.

"김 주임이 가기 싫은데, 다른 사람이라고 가고 싶겠소? 나는 일을 공평하게 처리해야 할 입장이오."

한껏 거드름을 피우는 남인태의 머릿속은 빠르게 움직이고 있었다. 생각지도 못한 돈벌이 기회를 잘 활용하려면 휘하의 면 단위 지서장 모두를 돌려 가며 먹이로 삼아야 된다고 생각했고, 그러면 광양에서 빠져나오느라 탕진한 재산을 벌충할 수 있으리라

110

는 계산을 했으며, 액수를 확인하지 않고는 청탁에 대한 대답을 할 수 없다고 생각했다.

"그래서 제가 이렇게……."

김 지서장은 머리를 조아리며 돈뭉치를 남인태 앞으로 조금 더 밀었다.

"나라가 위태로운 이 비상시국에 이런 인사 청탁 소문이 나는 날에는……."

남인태는 냉정하게 말했다.

"쥐도 새도 모르게 허느라고 마누라헌테도 입을 봉헌 일이구만요."

김 지서장이 더 목소리를 낮추어 말했다.

"내 밤새 생각해 볼 것이니 내일 아침 일찍 와 보시오."

"고맙구만이라, 서장님만 믿겠습니다."

김 지서장은 굽실거리면서 물러갔다. 남인태는 곧바로 종이를 찢어발겼다. 돈다발 네 개가 드러났다. 한 다발을 덥석 집어 든 남인태는 손가락 끝에 퉤퉤 침을 튀겨 가며 세기 시작했다. 결코 적은 액수가 아니었지만 어딘가 미흡했다. 물론 서장 자리와 지서장 자리는 하늘과 땅 차이이긴 하지만, 자신이 쓴 돈보다 너무 적어 슬그머니 화가 치밀려고도 했다.

"쌀 다섯 가마니 값이면 적지는 않다만 하나뿐인 모가지 보존

헐라면 그 곱쟁이는 내야 헐 거이다."

남인태는 혼잣말을 했다. 각 지서장을 상대로 열 가마니씩만 후려내면 자신이 쓴 비용을 벌충하고도 또 그만큼을 챙길 수 있었다.

"세상에는 비밀이 없는 법인디, 그런 돈으로 도에 어그러지는 일을 허고 싶지 않소. 서장이란 자리가 오뉴월 참외 익듯 저절로 따낸 자리도 아니고."

다음 날 아침 김 지서장 앞으로 돈뭉치를 밀어 놓으며 남인태가 싸늘하게 한 말이었다.

"아이고 서장님, 지 생각이 짧었구만요." 김 지서장은 앉음새를 고치고는 "긍께 여기다 얼마나 더 보태야 될지……."라며 억지웃음을 지었다.

"어허, 서로 체면 생각해서 눈치껏 곱쟁이로 채우든 말든 헐 일이제, 그리 짜잔헌 뱃보로 어디 출세허겄소?"

남인태는 먼눈을 팔며 혀를 찼다.

"지가 이따 저녁참에 다시 찾아뵙겄구만요."

김 지서장은 허둥거리며 방을 나갔다.

남인태는 출근을 하자마자 안전지대에 있는 면을 골라 전화를 걸었다.

"율어 지서에 사람을 채워야겄는데, 아무래도 박 주임이 가 줘야겠소."

남인태가 사무적인 소리로 이렇게 운을 떼면, 상대방은 즉각 반응을 보였다.

"서장님, 당장 찾아뵙겠습니다."

남인태는 그렇게 지서장들을 하나씩 요리해 나갔다. 그러는 사이에 백남식은 왜 빨리 경찰 병력을 배치하지 않느냐는 독촉 전화를 걸어 왔고, 그는 이런저런 이유를 붙여 가며 목적을 이루어 나갔다. 그러던 중에 이근술이 엉뚱하게도 자원을 하고 나섰다.

"저런 얼빠진 새끼 봤나. 누가 지 공 알아줄까 봐 나서는 건가, 나서긴."

남인태는 혼자 역정을 냈다. 아직 남은 지서장이 두엇 있었지만 지원자가 나섰으니 그 일을 계속할 수는 없었다.

한편, 그런 내막을 모른 채 율어면으로 자리를 옮긴 이근술 지서장은 집집을 다니며 인사를 했다. 그는 껑충하게 큰 키에 얼굴마저 펑퍼짐하면서 길었다. 그래서 키는 더 커 보이고, 선하디선한 웃음은 인상을 그야말로 싱겁게 보이도록 했다. "새로 온 이 주임이구만요. 북새통에 사시기는 좀 어떠신게라?" "아이고메, 그 말로만 듣든 미륵 주임님이시구만이라!" 더러 그를 알아보고 이런 말로 반기는 남자들도 있었다. 사람 좋은 웃음을 얼굴에 늘 담고 있는 그에게 붙은 별명이 미륵 주임이었다.

그가 율어 근무를 자원한 것도 다른 뜻이 있어서가 아니었다. 그는 지서장들이 그곳으로 가지 않으려 한다는 소식을 듣고는 같은 경찰로서 그런 행위가 추하고 창피스러웠다. 그리고 머지않아 자신도 차례가 오리라고 생각했다. 누가 가도 가야 할 자리였고, 지목을 당하고 가느니 차라리 자원해서 그 창피스러운 소문을 빨리 지우고 싶었다. 그곳은 지형이 다소 불리할 뿐, 좌익 무장대가 사방에 있는 상황에서 다른 면보다 특별히 위험할 까닭도 없었다.

"주임님, 날도 추운디 뭐허러 집집마다 다니시는게라."

"위신을 생각해서라도 안 좋구만요. 사람들 버리장머리도 없어지고요."

부하 경찰들의 반응이었다.

"자네들, 내 말 똑똑히 들어 두드라고. 경찰은 민중의 지팡이라고 말만 뻔지르르허게 내걸지 말고 실지 행동도 그렇기를 당부허는 바이여. 나는 일정 때부터 순사질을 허면서도 순사가 사람들 위에 올라서는 것이라고 생각헌 일이 없어. 지금은 일정 때도 아니고, 이름도 '순사'가 아니라 '경찰'로 달라졌응께 우리도 달라져야 허네. 경찰이 사람들을 욱대기고 잡지면 된다는 생각을 싹 없애라는 말이시. 긴말 더 헐 것 없고, 그리 못헐 사람은 나허고 일 못헌다는 것만 알아 두더라고."

이근술의 목소리는 느릿하면서 부드러웠다.

해방이 되고 나서 조선인 순사들은 앞다투어 몸을 숨겼다. 그때 그런 짓을 하지 않은 군내의 유일한 사람이 이근술이었다. 그러고도 그는 해코지 당하지 않았다.

기차 창밖으로 1월의 황량한 들판이 지나가고 있었다. 순천에서 넘어오는 서민영의 가슴에도 그 들판이 그대로 옮겨 와 있었다. 머릿속에는 겁에 질린 12명의 핏기 없는 모습이 얼어붙어 있었다. 법정의 구형 장면이었다. 낫을 들었던 농부는 사형이고, 나머지 11명은 5년 징역이었다. 살인죄와 살인 방조죄가 각각 적용되었다. "너무 서운해하지 마십시오. 저로선 최선을 다한 겁니다." 변호사의 말에 그는 아무 대꾸도 하지 않았다. 변호사를 대지 않았다면 모두 사형을 구형받았을 수도 있었다.

"상소를 하시겠습니까?"

변호사의 이 말에도 그는 아무 대꾸도 하지 않았다. 많은 돈을 써서 상소한다 해도 지주를 살해한 작인을 사형에서 구해 내기란 거의 불가능했다. 판검사들은 공정한 법 집행에 앞서 심정적으로나 실질적으로 지주들의 편이었다. 거기다가 그 작인들도 더는 재판 비용을 댈 형편이 못 되었다.

서민영은 허탈했다. 일을 부탁받고 최선을 다했지만 자신의 능력이 얼마나 미약한가를 확인했을 뿐이었다.

서민영은 절름거리며 역 앞마당을 걸어가고 있었다.

"안녕허신게라? 또 순천 댕겨오시는구만요."

누군가가 말을 걸어왔고 서민영은 걸음을 멈추며 고개를 더디게 들었다.

"재판은 어찌 돼 가고 있당가요?"

염상구가 고개를 꾸벅하며 물었다. 서민영은 염상구를 지긋이 바라보고는 그대로 지나쳤다.

저 쩔뚝발이 빙신이 사람을 뭐로 알고. 저것을 팍 그냥……. 그러나 그건 오기일 뿐, 서민영은 늘 어려운 존재였다. 학식이 많아 그런가, 뼈대 있는 양반이라 그런가, 남에게 흉잡힐 일을 안 해서 그런가, 그의 몸에서 풍기는 그 범접하기 어려운 기운이 무언지 알 수 없었다.

염상구는 이빨 사이로 침을 찍 내깔기다 말고 옆구리에 손바닥을 갖다 댔다. 상처가 다 아물었는데도 총 맞은 자리가 문득문득 시려 왔다. 그 자리는 시리기만 한 게 아니라 귀나 코보다도 추위를 먼저 탔고, 꿈에서는 거기로 창자가 흘러나오기도 했다. 몸에 강동식 귀신이 붙기라도 한 것처럼 기분 나빴고, 한편으로는 죄스럽기도 했다. 그런 면에서 외서댁에게 쌀 열 가마니 값을 줘서 장흥으로 떠나보낸 것은 마음 홀가분한 일이었다.

　그가 외서댁을 찾아갔다 온 다음 며칠이 지나 외서댁의 어머니
밤골댁이 그의 집을 찾아왔다.

　"쌀 닷 가마니로는 해 먹을 만헌 장사가 없고, 이왕 맘 쓰는 김
에 열 가마니 주겠소."

　기껏해야 네댓 가마니를 생각하고 있던 밤골댁은 그 말에 어리
둥절했다.

　"어째, 성에 안 차시요?"

염상구가 눈을 치뜨며 물었다.

"아니시, 그만허면 되았네."

밤골댁은 서둘러 대답했다.

염상구에게 쌀 열 가마니는 별게 아니지만, 밤골댁에게는 어마어마한 재산이었다.

"아이고 상구야, 그리 좋은 맘 써서 니가 헌 일 깨끔허게 뒷감당혀야 복 받제. 내가 인제 허는 말이다만, 그간 저 맘씨 너른 밤골댁이 아그 엄씨 젖을 받아다 나헌테 넘겨줘서 니 새끼를 키웠니라. 그것도 하루 이틀이제, 사람이나 짐승이나 새끼는 에미가 품고 키우는 것이 순리잉께, 니 참말로 맘 잘 썼다."

방 안에서 두 사람이 나누는 이야기를 듣고 밖으로 나온 호산댁은 쌀 열 가마니가 어린것의 양육비로 건너가는 줄 알고 기뻐하며 말했고, 염상구는 어머니의 그 장님 문고리 잡듯 하는 말이 별로 손해될 것 없다 싶어 막지 않았다. 밤골댁은 평생 살 밑천을 장만한 마당에 애 하나 더 키우는 것쯤이야 어려울 것 없다고 생각했고, 그래서 쌀 열 가마니 값과 함께 아이도 데려갔다.

김종연과 서인출 등 일곱 명은 집행유예로 풀려났다. 한 번의 시위로 석 달이나 옥살이를 한 셈이었다. 계엄하에서 시위를 주동하여 공공질서를 파괴하고 민심을 교란하였으며, 로 이어지는 조서 탓도 있었지만, 법원에서 변호사 없는 소작쟁의 사건을 자꾸 뒤로 미룬 탓이 더 컸다. 단순 소작쟁의 사건은 그런 식으로 시일을 끌어 집행유예로 내보냄으로써 소작쟁의를 막으려는 판검사들의 의도도 작용했다. 그로 인해 소작인들의 기는 꺾인 게 아니라 오히려 더 살아났다. 지주만이 아니라 판검사한테까지 당했다는 억울함이 그들의 가슴에 또 하나의 켜를 만들었던 것이다.

"다 알고 있었지만 요번에 당해 봉께로 법을 맹근다는 국회의원 놈들이나 법을 시행헌다는 판검사 놈들이나 다 지주 놈들허고 한통속이란 것이 더 확연해졌소. 거기다가 관리에 군경까지 한울타리를 치고 있으니 우리 편이라고는 눈 씻고 봐도 없는 것이오. 요런 판에 우리가 우리 밥통을 제대로 찾아 먹자면 찐득찐득허게 한 덩어리로 뭉치는 수밖에 없소."

약간 수척한 김종연의 눈에서는 전과 다른 힘이 뻗어 나오고 있었다.

"세상을 살면서 제일 중헌 것이 밥 먹고 사는 것 아니겄소. 근디 작인들 살기 좋게 혀 준다는 농지개혁이 벌어지는 판에 우리는 지주를 드럽게 만나 굶어 죽게 생겼소. 안 굶어 죽을라면 어째야 쓰겄소."

평소에 별로 말이 없던 서인출도 말재주 좋은 김종연 못지 않았다. 그는 자형 하대치 때문에 언행을 조심해 왔는데, 이번 일로 분함과 오기가 한꺼번에 뻗질러 올라 어느 면에서는 김종연보다 더 강한 발언으로 사람들의 마음을 모으고 있었다.

두 사람보다 나이가 많은 유동수도 마음이 달라져 있었다. 그는 앞에 나서서 말은 하지 않았지만 뒤에서 두 사람을 응원했다. 늘 온건하고 조심스럽게 살아온 그로서는 큰 변화였다.

그들의 이번 계획은 전과 달랐다. 지주들의 불법행위를 고발해 봐야 아무 소용 없이 이쪽만 당하므로 소작인별로 뭉쳐 지주 집으로 직접 치고 들어가는 것이었다.

시래기죽을 한 사발 비우고 난 김종연은 누가 찾아왔다는 말에 지게문을 밀쳤다.

"아재, 울 아부지가 오시라고 그요."

문이 열리자마자 계집아이의 카랑한 목소리가 울렸다.

"잉, 숙자 니가 어쩐 일이냐?"

"아부지가 부른당께라."

"무슨 일로?"

"나가 아요?"

"니 여기 말고 딴 데도 심부름 댕기냐?"

김종연은 이상한 생각이 스쳐서 물었다.

"동수 아재헌테 말혔고, 인제 인출이 아재헌테 갈 참이어라."

"알었다."

자기 혼자만이 아닐 거라는 예감의 적중에 김종연은 이상한 거부감이 들었다. 이제 마름 오동평은 두려운 존재가 아니었다. 그는 오직 지주의 편에 서 있는 또 하나의 간사한 적일 뿐이었다. 그의 꼴은 보기도 싫었지만 그렇다고 만나는 것을 피할 이유도 없었다.

"자네들 나헌테까지 유감을 먹은 모양이제? 풀려나고 나서 낯이라도 비칠지 알었등마 내가 요리 뫼셔서야 대면을 허게 되네잉."

오동평이 마뜩찮은 얼굴로 세 사람을 둘러보았다.

"오라고 호출을 해 놓고, 뫼셔라?"

김종연이 툭 쏴 질렀다.

"아니, 술 한 잔씩 허자는 말이 자네 귀에는 호출로 들기든가?"

"그런 말 못 들었소."

"요런 빙신 같은 가시내, 숙자야!"

오동평은 방문을 떠다밀며 고함을 질렀다.

"냅두씨요. 어린것이 심부름헌 것만도 고생혔소."

유동수가 말했다.

김종연이 이상하지 않냐는 눈길을 서인출과 유동수에게 빠르게 옮겼다. 동감을 나타내는 세 사람의 눈길이 등잔불 빛으로 흐린 허공에서 순간적으로 합해졌다.

곧 술상이 나왔다. 통째로 삶은 닭이 유난히 눈길을 끌었다. 전에는 한 번도 차린 적 없는 걸고 푸진 술상이었다.

"자, 고생들 허고 나왔는디 한 잔씩 허드라고."

오동평이 포개진 술 사발을 하나씩 건네며 상으로 바싹 다가들었다.

"요것을 그냥 목으로 넘겨서는 안 된다는 냄새가 폴폴 나는디라?"

김종연이 오동평을 보며 말했다.

주전자를 들던 오동평이 멈칫하더니 "냄새는 무슨 냄새, 고생들 혔응께 한잔 허잔 것이제."라며 태연한 척 손까지 내저었다. 그러나 세 사람은 그 어색한 몸짓에 담긴 어떤 목적을 읽어 냈다.

"그러지 말고 용건부터 내놔 보씨요. 술 다 먹고 우리가 아재 말 못 들어주면 본전 생각나 배창시 꼬일 것잉께요."

김종연은 농담 같은 말을 딱딱한 표정으로 했다.

"자네 시방 나를 뭐로 보고 허는 소리여. 내가 요까징 것 아까워 배창시 꼬일 쫌팽이로 뵌가?"

오동평은 화를 내는 척 호기를 부렸다.

"그러면 되았소. 토할 때 토하더라도 먹고 보드라고."

서인출이 가시 박힌 소리를 하며 김종연의 무릎을 툭 쳤다.

"하먼 그래야제."

오동평이 기세 좋게 주전자를 들었다.

세 사람은 술상 앞으로 다가앉아 막걸리를 한 사발씩 단숨에 비웠다. 그리고 닭을 뜯기 시작했다. 시래기죽을 먹었을 뿐인 세 사람의 손에서 닭 한 마리는 금방 자취를 감추었다. 막걸리를 다시 한 잔씩 비우고 나자 오동평이 입을 열었다.

"자네들이 각단지게 지주 집으로 밀고 들어갈 심판이람시로?"

"그러요."

기다렸다는 듯 김종연이 말을 받았다.

"근디 안 그러면 안 될랑가?"

오동평은 끈적한 목소리로 말했다.

"안 그르게 헐라면 빼돌린 논을 도로 제자리에 갖다 놔야제라."

이미 막보기로 작정해 버린 김종연의 말은 거침이 없었다.

"내 말 좀 들어 보드라고." 오동평은 목소리를 낮추어 "세상일이 무대뽀로 몰아 때린다고 되는 것이 아니시. 어떤가, 내가 새중간에서 자네들이 지금 부치고 있는 논을 반값에 넘겨주게 헐 텐께, 그 일에서 발을 빼는 것이."라고 말했다.

방 안에 잠시 침묵이 흘렀다. 김종연은, 에라이 잡새끼야, 뒈져서도 마름질이나 해 처먹어라, 하는 말을 참았고, 서인출은 가소롭다는 생각이었고, 유동수는 심장의 박동이 빨라졌다.

"반값이 아니라 공짜로 줘도 우리는 그리 못허겄소!"

서인출의 말이었다. 유동수는 김종연이 아니고 서인출인 것에 놀라며, 쟈가 즈그 자형을 탁해 간다냐 어쩐다냐, 생각했다.

"아니 이 사람아, 공짜로도 그리 못허겄다니, 고것이 무슨 심보여?"

오동평이 어이없다는 얼굴이었다.

"그런 드런 짓거리 허면서 살고 싶지 않소. 빼돌린 논을 제자리로 안 돌려놓으면 우리는 끝까지 덤빌 것이요."

김종연이 자리를 차고 일어났다. 서인출과 유동수도 따라 일어났다.

8

어떤 여자 빨치산의 죽음

"대장님, 저기 빨치산 시체가 있습니다."

하사 하나가 숨을 몰아쉬며 뛰어왔다.

"시체 한두 번 봤나."

심재모가 이맛살을 찌푸렸다.

"여자가 잠자는 것처럼 앉아서 죽어 있는데, 아주 희한합니다."

"그래? 가 보자."

무르춤해 있던 하사가 앞장섰다.

등성이에는 분대원들이 둘러서서 시끌덤벙하게 떠들고 있었다.

"야, 비켜, 비켜. 대장님 오신다."

하사의 외침에 사병들이 양쪽으로 갈라졌다. 심재모가 그 사이로 다가갔다.

하사의 말마따나 여자는 마치 잠든 것처럼 앉아서 죽어 있었다. 여자는 광목 누비저고리에 낡은 몸뻬를 입고, 코 째진 검정 고무신을 새끼줄로 감발하고 있었다. 목에는 무명 목도리가 겹으로 감겨 있었고, 이미 차갑게 굳은 얼굴은 앳되어 보였다. 어딘가

배운 티가 나는 얼굴에는 묘한
웃음기가 서려 있었다. 그 웃음
기를 느끼는 순간 심재모는 가
슴이 섬뜩해졌다. 여자의 왼쪽 허벅지와
무릎 위가 새끼줄로 두 겹씩 묶여 있었고,

그 가운데 총상이 나 있었다. 고통 속에 죽어 가면서도 웃음을 머금었다는 게 심재모의 가슴에 전율을 일으켰다. 심재모의 눈길은 그 여자의 손으로 옮겨 갔다. 자그마한 두 손은 추위를 견뎌 내느라 수없이 터 있었고, 그 손은 책을 쥐고 있었다. 여자의 손가락 사이로 보이는 글씨는 '선·공·산' 자였고 다른 것은 가려서 보이지 않았다. 그렇다고 일삼아 책을 빼내 확인하고 싶지는 않았다.

선·공·산? 선·공·산……? 그 세 글자를 곱씹으며 심재모는 고개를 갸웃거렸다. '조선공산당사'였다. 총상과 『조선공산당사』와 미묘한 웃음이 곧바로 연결되었다.

"지독한 여자야. 저 아랫동네를 내려다보면서 앉아서 죽은 거야."

어느 사병의 말이 들려왔다. 그는 여자한테서 눈을 돌려 산 아래를 살폈다. 여자가 앉은 저 아래 골짜기로 이삼십 호의 마을이 아득하게 내려다보였다. 비로소 심재모의 머리에 하나의 이야기가 엮어졌다.

여자는 어디선가 총을 맞고 낙오되어 이곳에 주저앉은 것이다. 그리고 마을로 내려가고 싶은 유혹을 책을 껴안고 이겨 내며 죽어 간 것이다. 빨치산은 세 번 죽는다고 했다. 얼어 죽고, 굶어 죽고, 총 맞아 죽는다는 것이다. 그들은 그것을 투쟁의 긍지로 삼고 있었다. 이 여자야말로 그 세 가지 죽음을 다 겪은 것이다. 책을 쥐고 묘한 웃음까지 피우며. 어찌 그럴 수 있을까, 하는 생각에 심재모는 가슴이 조여들었다. 총을 맞고 죽어 가는 순간에 "조선 인민공화국 만세"를 외치는 남자들을 보았을 때보다 더 불가사의했다. 사상이라는 것과 인간의 믿음이라는 것이 갈수록 난해하게 여겨졌다.

"이걸 어쩔까요?"

처음의 하사가 물었다.

"그대로 두고, 작전 계속이다."

심재모는 앞쪽으로 팔을 뻗었다. 시체를 그대로 두게 한 건, 그렇게 죽기로 작정한 여자의 마음을 다치게 하고 싶지 않은 까닭이었다. 그것이 이미 적일 수 없는 죽은 자에 대한 예의라고 생각되었다.

염상진은 급히 도당을 구하라는 비상선의 전갈을 받았다. 더 이상의 설명이 없는 그 짧은 구원 요청은 도당이 위기에 몰려 있다는 사실과, 신속한 행동만을 필요로 하고 있었다. 염상진은 부대원을 모두 모았다. 스물일곱이었다. 동상이 심하거나 몸이 불편한 사람 아홉을 뺐다. 거기에 장단지에 총상을 입은 사령관 주문철도 포함되었다.

"내가 꼭 가야 허는디." 주문철은 염상진의 팔을 꽉 붙들더니

"도당까지 당허는 판에 겨우 열여덟으로……." 하며 말을 잇지 못했다.

"다녀올 동안 몸이나 잘 간수하세요. 가다가 군당 병력을 만나면 포함시켜야죠."

염상진은 일부러 기운차게 말했다.

"그리라도 되면 좋겠소. 조심허씨요."

염상진은 잠시도 쉬지 않고 강행군을 했다. 혹독한 추위에 손가락은 마비되는데도 가슴팍에서는 땀이 내배었다.

가장 안전하게 보존되어야 할 도당까지 위기에 빠졌다는 것은 투쟁이 절망적임을 뜻했다. 조계산 지구만 해도 석 달 동안 병력 손실이 150여 명이었다. 다른 지구도 비슷한 모양이었다. 아직 살아 있는 군당이 몇 개나 되는지도 의문이었다. 여순 병란을 기점으로 지하투쟁으로 전환된 지 1년 3개월 만의 결과였다. 지리산을 거점으로 삼은 병란의 주력부대와 공개 투쟁으로 들어간 지방당의 병력은 현재 얼마나 살아남아 있을까. 염상진은 눈을 질끈 감았다 떴다. 그 생각에 제동을 걸려는 순간적인 행위였다.

도당의 피해를 눈으로 본 염상진은 또다시 참담해졌다. 도당 보위 병력은 거의 전사 상태였고, 간부들만 겨우 위기를 모면해 있었다. 왼쪽 어깨를 크게 다친 정하섭이 그 속에 있었다.

"어떻게 된 건가?"

염상진이 정하섭의 손을 잡았다.

"수류탄 파편에 맞았습니다."

"많이 아픈가?"

"그저 참을 만합니다."

정하섭이 고통스러움이 역연한 얼굴로 웃어 보였다. 그 억지웃음이 염상진의 가슴을 긁어내렸다.

"조금만 참게, 내가 어찌해 볼 것이니."

염상진은 불쑥 말했다. 그러나 무슨 방법이 있는 것은 아니었다. 무슨 수를 써서라도 정하섭을 치료해 주어야 한다는 생각이 그 말을 하게 했다.

"다시 백운산으로 이동합시다."

도당 위원장의 결정이었다. 적에게 위치가 노출된 이상 도당을 옮겨야 했다. 이미 떠나온 백운산으로 다시 돌아가는 것은 현명한 방법은 아닐지 몰라도 현재로선 최선의 방법이었다. 도당의 비트를 정하는 데에는 백운산만 한 산이 없었고, 그곳은 적의 관심에서 이미 떠나 있었다.

염상진은 정하섭을 부축하고 걸었다. 정하섭은 고통을 드러내지 않으려고 안간힘을 썼다. 그는 염상진 위원장을 만나자 더없이 위안을 얻으면서도 한편으론 부담스럽기도 했다. 염상진의 직책이 어떻게 바뀌든 그에게는 언제나 '위원장'이었다. 염상진 위원장

역시 자신에 대한 정이 그때와 조금도 달라지지 않았음을 알 수 있었다. 당원은 그 직책에 상관없이 같은 당원과 전사에게 존대를 쓰도록 당규에 규정되어 있었다. 그런데 당규 준수에 철저한 염상진 위원장이 자신에게만은 중학생 때처럼 반말을 쓰고 있었다. 당원이 된 뒤에 만약 그분이 존대를 썼으면 얼마나 거리감을 느꼈을 것인가.

"하 동무 부인과 함께 사는 그 무당이 믿을 만한가?"

염상진 위원장이 왜 이런 말을 묻는지 정하섭은 직감적으로 깨달았다.

"예, 그렇게 생각하고 있습니다."

"당원의 이성으로 말인가?"

순간 오른쪽 볼에 찬 기운이 끼쳤다. 그 말은 곧, 사사로운 감정으로 오판하는 것은 아니겠지? 하는 뜻이었다.

"그렇습니다."

정하섭은 힘주어 대답했다.

부축하고 부축당하느라고 몸을 밀착한 두 사람은 속삭이듯 그 목소리가 낮았다.

염상진 위원장이 유격대의 행군 중 3대 소리 수칙을 어겨 가며 이런 말을 하는 까닭을 정하섭은 익히 알고 있었다. 부상 때문에 자신의 마음이 행여 약해질까 걱정했던 것이다. 그러니까 그건 소리 수칙의 위반이 아니라 긴급한 사상 교육 실시였다. 그 소리는 물론 앞뒤 사람에게 들리지 않도록 낮고 낮았다. 행군 도중, 특히 야간 행군에서 총소리·발소리·말소리는 절대로 내서는 안 된다는 것은 규칙이었다. 적에게 탐지되지 않으려면 그 규칙을 지켜야 했다. 그 규칙을 어기면 부대원이 몰살당할 수도 있었다. 그 규칙을 위반한 자에게는 당연히 엄중 처벌이 내려졌다.

"도당 위원장님한테 허락을 받을 테니 그 무당 집에서 치료를 받도록 하게."

염상진의 말에도 정하섭은 묵묵히 걷기만 했다. 염상진 위원장은 이 말을 하기 위해 앞의 말들을 한 것이었다.

정하섭은 조계산 비트에서 도당 사람들과 분리되었다.

"이걸 자애병원 전 원장님한테 전하게."

염상진은 손가락 매듭만큼 작게 접은 종이를 정하섭에게 내밀었다.

정하섭은 선요원을 따라 하대치에게 연결되었다. 하대치는 네 명의 부하와 함께 도래등 뒷산을 넘었다. 기진맥진한 정하섭을 번갈아 가며 업었다.

"정 동무, 기운 차리씨요. 다 왔소."

하대치가 정하섭을 흔들었다. 정신을 다잡은 정하섭의 눈앞에 제각이 보였다.

"이 두 사람이 문 앞까지 데려다줄 텡께 거기서부터는 정 동무가 알아서 혀야 쓰겄소."

"다시 이 제각으로 와야 하니까 누가 가서 무당을 불러오는 게 빠를 겁니다. 부인과 아이들을 잠시라도 만나 볼 겸 하 동무가 가시는 게 어떻겠어요?"

"고런 말 마씨요. 처자식 만날 생각 눈꼽 째가리만치도 없소. 내가 떠난 담에도 왔다 갔다는 말 뻥긋도 마씨요."

하대치의 단호함에 정하섭은 그만 민망해지고 말았다.

"강 동무, 핑허니 댕겨오씨요."

하대치의 말에 강동기가 재빨리 앞으로 나섰다.

잠시 후 남녀의 모습이 어둠 속에 드러나자 하대치는 몸조리 잘하라는 말을 남기고 사라졌다.

"얼마나 다치셨소."

정하섭을 부축하며 소화가 울음처럼 토해 낸 말이었다.

"별거 아니요. 그간 잘 있었소?"

정하섭은 가까워진 소화의 몸에서 들꽃 냄새와 온기를 함께 느꼈다.

"추워, 불을 때, 불……."

소화의 부축을 받으며 방으로 들어선 정하섭은 이불 위로 무너지며 신음처럼 소리를 흘렸다. 그의 몸이 불덩이인 것을 안 소화는 미친 듯이 부엌으로 내달았다. 아궁이 가득 불을 지피고 방으로 들어와 정하섭의 부상을 확인한 그녀는 입을 가리며 소스라쳤고, 하얗게 굳었다. 왼쪽 어깨를 싸맨 헝겊과 옷은 굳은 피로 떡이 져 있었다. 소화는 입술을 깨물었지만 울음은 코로 새 나오고 눈물로 쏟아져 내렸다. 무릎을 꿇은 소화는 얼굴을 무릎께에 묻어 두 손으로 감쌌다. 머리카락이 울고, 어깨가 울고, 등줄기가 울고, 마침내 조그맣게 오그라뜨린 몸 전체가 울기 시작했다. 의사를 불러올 수 없는 깊은 밤이라 그녀는 어찌해야 좋을지 모를 절박감에 떠밀리며 부엌으로 가서 나무를 다시 밀어 넣었다.

그분은 정신을 잃은 채 몸을 심하게 떨고 있었다. 아랫목을 더듬었다. 아직 냉기가 가시지 않았다. 부끄러움을 가릴 때가 아니었다. 사람을 살려야 했다. 옛이야기에서 들은 방법이 있었다. 그렇게 해서 남편을 살려 열녀문이 세워졌다고 했다. 소화는 옷을 벗고 이불 속으로 몸을 디밀었다. 그리고 때에 절고 냄새나는 옷을 입은 채 떨고 있는 정하섭의 몸을 감싸 안았다.

신령님, 신령님. 온몸으로 전해 오는 정하섭의 떨림을 수많은 바늘에 찔리는 아픔으로 느끼며 소화는 피 마르게 신령님을 불렀다. 그러다가 다시 옷을 꿰입고 부엌으로 내달아 아랫목 장판이 눈도록 불을 땠다. 신령님, 어서어서 날이 새게, 닭이 울게 해주십소사…….

해가 뜰 무렵 눈을 뜬 정하섭은 속주머니에서 작은 종이를 꺼내 소화에게 건넸다.

"표 안 나게 병원에 전하시오."

그리고 다시 스르르 눈을 감았다.

면목 없지만 한 번 더 도와주십시오. 술도가집 아들이 어깨에 파편상을 입었습니다. 相(상)

전 원장은 굳은 듯 말이 없었고 소화는 그런 전 원장을 바라보고 있었다.

"가 계세요, 뒤따라갈 테니."

전 원장의 목소리가 낮고 무거웠다. "야아……." 떨리는 소리와 함께 소화의 허리가 반으로 접혔다.

1950년 2월 5일, 계엄령이 해제되었다. 계엄령 해제를 현실감 있게 알린 것은 극장 스피커였다. 악극단 변사는 그동안 목에 곰팡이라도 슬었다는 듯 신바람 나게 떠들어 댔다.

"친애하는 읍민 여러분, 바야흐로 계엄령이 해제되고 평화와 자유가 찾아왔습니다. 그동안 읍민 여러분께서 겪으신 고생과 불편을 위로하기 위하야 당 극장에서는 오늘 밤 7시부터 동방악극

단의 〈이수일과 심순애〉를 무대에 올리기로 한 거답니다. 돈에 울고 사랑에 울고, 아아, 사랑이란 그다지도 열매 맺기 어려운 쓰라린 형벌이었더란 말이냐. 돈을 따르자니 사랑이 울고, 사랑을 따르자니 돈이 운다. 아아 어차피 인생은 쓰라린 고통이 아니더냐. 눈물 없이는 볼 수 없는 3막 5장 이수일과 심수운애. 오세요, 오세요, 손에 손을 잡고 오시어 이 기구한 사랑의 쌍곡선을 감상하시라. 이번 기회를 놓치면 저승에 가서도 후회하고 또 후회할 거답니다. 연극만 있느냐, 아닙니다. 만담도 있고, 노래도 있습니다. 배꼽 빠지고 오줌 질금거리게 하는 만담, 가슴을 녹이는 노래로 이어지는 다채로운 무대의 입장료는 단돈 100원, 계엄령 해제 특별 할인 요금, 단돈 100원으로……."

변사의 사설은 끝도 없이 이어지고 있었다.

계엄령이 해제되었지만 군인들은 떠나지 않았다. 아직 안심할 만큼 '공비 소탕'이 이루어지지 않았다는 판단 때문이었다.

염상진은 옥산 비트에서 안창민을 만났다. 염상진은 수염이 더 부룩했고, 안창민은 부러진 오른쪽 안경다리를 삼끈을 꼬아 귀에 걸고 있었다.

"열 시간 동안 계속된 도당 회의 결과, 적극 투쟁에서 조직의 보존·유지 투쟁으로 변경하게 되었소. 열 시간이나 걸린 회의 결과로는 싱거울지 모르나, 회의에서 그동안의 투쟁 방법의 문제점이나 모순점 등에 대한 강한 비판 토론도 벌어졌소."

"대개 어떤 점들이었나요?"

"주로 투쟁의 실패 원인이 무엇이냐, 당의 무력 투쟁 채택은 모험주의가 아니었느냐, 하는 것들이었소."

"제기될 만한 문제이긴 하지만, 여순 병란 직후 야산대 투쟁으로 접어들기 전에 제기했어야 하는 문제라는 생각이 듭니다. 지금은 결과론밖에 나올 게 없을 것 같습니다. 그동안의 투쟁을 실패로 규정하는 것도 그렇고, 당의 무력 투쟁 노선을 모험주의로 보려는 것도 그렇습니다. 과오에 대한 비판은 마땅히 해야겠지만, 명백한 대안 없이 결과론에 입각한 비판은 그 또한 책임 전가적 기회주의의 과오를 범하는 행위가 될 겁니다. 불가항력의 상황에서 최선을 다하다가 좌절한 투쟁을 실패로 보느냐, 성공으로 보느냐는 신중을 기해야 할 문젭니다. 이번 투쟁을 실패로 보는 것은 저로선 용납할 수 없습니다. 엄연히 대장님도, 저도 이렇게 살아 있고, 우리 동지들도 살아서 투쟁하고 있습니다. 지금은 앞으로의 전략 전술을 세울 때지 비판할 시기가 아니라고 봅니다. 물론 투쟁 방법이 효과적이었는지는 검토해야 합니다만." 안창민은 숨을 돌리고는 "도당 조직과 생존자는 얼마로 파악되었습니까?"라며 슬픔이 낀 듯한 눈으로 염상진을 보았다.

"안 동무 의견에 찬동이요." 염상진은 안창민에게 그윽한 눈길을 보내며 "두어 군데 빼고는 모든 군당이 살아 있소. 도당 전체의 생존자가 200여 명, 지리산 지구가 120여 명쯤으로 파악되어 있소."라고 곤혹스러운 심정으로 말했다.

"참 많이들 죽었군요."

안창민은 눈길을 떨어뜨리며 중얼거렸다.

염상진은 그동안 안창민이 많이 변모했다고 생각했다. 정연하던 논리는 그대로지만 어조는 신념에 찬 강인함을 품고 있었고, 태도는 강건함을 드러내고 있었다. 그는 유격 투쟁을 통해 이론에 살을 붙이고, 피가 돌게 한 것이었다.

9

민중의 승리, 2대 국회의원 선거

　남로당의 최고급 간부 김삼룡과 이주하가 검거되었다. 그 사건은 우익은 우익대로, 좌익은 좌익대로 충격이었다. 우익에게는, 마침내 남로당이 괴멸되었다! 하는 환희의 충격이었고, 좌익에게는, 아니 이럴 수가! 하는 절망의 충격이었다.

　그들은 축지법을 써서 동대문에 나타났다가 5분 뒤면 서대문에 나타나고, 신통술이 기막혀 자기 모습을 마음대로 지웠다 나타냈다 하기 때문에 절대로 잡히지 않는다고 알려져 있었다. 그들이 그런 신화적 인물이 된 데는 그럴 만한 이유가 있었다. 그들은 일제 치하 때부터 사회주의 운동을 해 오면서 그 지독한 일본 경찰에 잡힌 적이 없었고, 오랜 세월 사진을 찍지 않아 얼굴을 아는 사람이 거의 없었고, 점조직과 가명 사용으로 당원들조차 알아볼 수 없었고, 조직화된 지하활동으로 경찰을 숱하게 기만해 왔던 것이다.

김삼룡과 이주하가 잡혔다고 그 신화가 다 깨진 것은 아니었다. 그들 중 하나인 이현상이 지리산에 엄연히 살아 있었던 것이다. 계곡 사이를 날아다니고, 날아오는 총알을 떨어뜨린다는 소문과 함께.

그러나 무엇보다 큰 의문은 그 두 사람이 어떻게 잡혔느냐는 점이었다. 얼핏 생각하면 퍽 풀기 어려운 수수께끼 같지만 그들의 완벽성을 뒤집어 생각하면 그 답은 의외로 쉽게 풀렸다. 그들의 완벽성을 알고 있는 그 누구—조직 내부의 배신자 때문에 그들은 체포된 것이었다.

그로부터 나흘 뒤 이학송이 체포되었다. 김범우는 업무 때문에 날마다 한 차례씩 전화를 주고받는 까닭에 그 일을 그날 알 수 있었다.

"무슨 일입니까?"

"김 형도 아시죠? 김·이 두 사람을 검거하고 나서 경찰이 기세 올리고 있는 것 말요. '점수 따기'에다 '판쓸이'가 벌어지고 있는 난장판에 이 형도 휩쓸려 들어간 거지요."

"그래도 무슨 근거가 있어야 할 것 아닙니까?"

"경찰 눈으로 보자면 근거야 충분하겠죠. 이 형은 한때 문학가 동맹에도 가입했고, 그간 그가 쓴 기사들이 경찰의 비위를 뒤틀리게 만들었어요."

김범우는 전화를 끊으면서도 문학가동맹이란 말에 놀란 기분이 남아 있었다. 그는 문학가동맹에 가입할 만큼 사회주의에 열정이 있었구나. 김범우는 이학송이 갇힌 시경으로 갔지만, 면회는 되지 않았다.

이학송은 취조실에서 시달리고 있었다.

"저 소리 들리지? 진작 저 꼴 만들었을 텐데, 기자라서 봐주는 거야. 다시 묻겠다, 남로당 직책을 대."

이학송은 숨을 들이켰다. 고문당하는 비명 소리가 핏빛으로 의식을 덮어 왔다. 벌써 네 번째의 같은 추궁이었고, 또 같은 대답을 할 차례였다.

"더 할 말 없소."

이학송은 눈을 뜨며 말했다.

"이 새끼, 너 정말 까불 거야! 뚜렷한 증거가 있는데도 오리발을 내밀어!"

형사는 경찰봉으로 책상을 내리쳤다.

"증거가 있으면 대시오."

"하! 이 새끼, 문학가동맹에 가입하고도 빨갱이가 아니라고 개

소리 칠 거야."

형사는 책상 밑으로 이학송의 정강이를 냅다 걷어찼다.

"어쿠!"

이학송의 입에서 비명이 울컥 터졌다. 그는 숨이 멎는 통증 속에서 문학가동맹에 가입했던 때를 생각했다. 아 그때, 해방의 감격과 흥분 속에서 시를 긁적이던 열정은 열 번이라도 가입서를 쓸 수 있었다. 모든 반민족적인 요소를 제거한 사회주의 사회의 건설, 그것만이 민족이 살 길이고, 민족을 복되게 하는 방법이라고 확신했었다.

"그건 이미 옛날 일이오. 시 쓰기를 포기하면서 거기서도 발을 끊었소."

"그럼, 왜 전향문을 신문에 안 냈나. 유진오나 김팔봉이 낸 거 못 봤다고는 못하겠지?"

형사는 포획의 만족감을 드러내며 입가에 비웃음을 물고 있었다.

"그런 거물 문사들이나 전향문이 필요했지 나 같은 피라미가 신문에 그걸 내면 웃음거리밖에 안 되는 일이었소."

"이 새끼 이거, 주둥아리 한번 그럴싸하게 놀려 대네. 너 정말 뻑다구 금 가고 싶어!"

형사의 외침과 함께 경찰봉이 이학송의 왼쪽 어깨를 내리쳤다.

이학송은 정신이 아뜩해지며 어금니를 맞물었다. 그때, 미 군정이 인공을 부인하며 식민지화의 의도를 노골적으로 드러냈을 때, 민족이 살 길은 남북이 함께 두 외세에 대항해야 한다는 결론을 내릴 수밖에 없었다.

"이 새끼 발딱 일어나. 너 같은 악질은 말로 되는 게 아냐. 따라와!"

형사는 이학송의 먹살을 거칠게 잡아챘다. 이학송은 뒤뚱거리며, 이 미친 새끼야, 네놈 같은 민족 반역자들을 다 쳐 없애고 순수한 민족만이 모인 민족 사회주의를 건설해야 한다는 내 생각엔 변함이 없어, 이렇게 속으로 외치며 비명 소리 낭자한 복도로 끌려갔다.

소작인들 집으로 '분배 예정지 통지서'가 발급되었다. 통지서가 발급되면서 동네마다 소작인들의 불만이 터졌다. 분배 농지가 예상보다 형편없이 적은 데다, 자기네가 소작을 부치던 땅이 아닌 엉뚱한 땅인 경우도 많기 때문이었다. 지주들이 이미 팔거나 명의 변경을 해서 분배할 농지가 줄었고, 그것을 나누다 보니 분배량은 적고 위치도 바뀔 수밖에 없었다.

읍사무소 앞은 항의하러 온 소작인들이 떼를 이루었다. 그러자 군경이 읍사무소를 에워쌌다. 총 앞에서 그들의 항의는 묵살당했다. 성질 급하게 안으로 뛰어든 사람들은 개머리판에 맞아 이마가 깨지고, 볼이 터지고, 이빨이 부러져 나갔다.

"관은 공명정대하게 일을 처리했습니다. 그래도 불만이 있는 사람은 각 동네의 농지위원회를 통해 정식으로 이의를 제기하시고, 재판을 통해 해결하기 바랍니다. 이런 식으로 난동을 부리면 여러분을 범법자 취급할 수밖에 없습니다."

읍장의 연설이었다.

소작인들은 맥이 풀리고 말았다. 농지위원회도 자기들 편이 아니었고, 더구나 나라를 상대로 재판을 걸어 어느 장사가 이기랴 싶었던 것이다.

농지를 분배받은 소작인들은 농지 값으로 평년작 생산량의 한 배 반을 5년 동안 나누어 갚고, 정부는 지주들에게도 같은 조건으로 지가증권을 교부해 주기로 한 유상몰수 유상분배 농지개혁은 대다수 소작인들의 불만과 실망을 그대로 남겨 둔 채 그 막을 내리고 있었다.

양효석을 뒤따라 육군사관학교에 진학한 현오봉은 새로운 규율을 익히느라 날마다 시달리며 한 달을 보냈다. 규율의 기본은 직선과 직각이었다. 서는 것도 직립 자세고, 걷는 것도 직각 보행이었다. 밥 먹을 때 앉는 것도 직립 자세요, 숟가락질도 직각이어야 했다. 그런 강압적 규율 때문에 현오봉은 고향 생각이 간절했다.

"야 오봉아, 니 또 집 생각허냐?"

창밖을 내다보던 현오봉이 고개를 돌렸다.

"효석이 성⋯⋯." 현오봉은 어색하게 웃고는 "나 육사를 잘못 온 것 같어. 집 생각이 나서 못 살겠다니께."라며 자리에 털썩 주저앉았다.

"서울 애들만 빼고 1학년이면 다 똑같어. 나도 작년에 미치는 줄 알았다. 그것이 다 촌놈병이라는 것인디, 고비만 넘기면 저절로 낫는다."

"나는 달러. 밥맛도 없고, 잠도 안 오는 것이 보따리 싸 갖고 집으로 가야 될랑가 부네."

"임마, 정신 차려!" 양효석이 현오봉을 똑바로 노려보면서 "니 빨갱이 손에 돌아가신 아부지 원수 갚는다는 결심 개 췄냐, 돼지 췄냐. 나라도 옆에 있으니 니는 나은 거여. 작년에 나는 집 생각 날 때마다 팔뚝을 물어뜯음서 참아 냈다."라며 열이 나서 말했다.

"성 말이 맞구만. 나야 성이 옆에 있응께로 훨씬 낫제."

현오봉의 낮은 목소리였다.

"그려, 니는 몸집도 크고 기운도 세께 맘만 단단히 먹으면 군인으로 아주 적격 아니냐. 아부지 원수도 갚고, 군인으로 크게 출세도 허고. 장군 말여, 장군."

양효석이 현오봉의 어깨를 툭툭 쳤다. 현오봉이 멋쩍게 웃었다.

"근디 어디 나갈라는 참인가?"

현오봉은 정장 차림의 양효석을 부러운 듯한 눈길로 보았다.

"이, 성일이 누님 송경희의 약속을 기어코 받아 냈다 그 말이다."

양효석이 좋아 죽겠다는 몸짓을 했다.

"와따 좋겄네. 소원 성취혔구만."

현오봉은 서울대학교로 진학한 성일이의 주소를 알려 줄 때만

해도 가당치 않은 일이라고 코웃음을 쳤다. 사흘거리로 편지를 보낼 때도 마찬가지였다. 그건 보부상 내력의 양효석을 동급으로 취급해 줄 수 없음이었고, 같은 양반을 옹호하고자 하는 자존심이었다. 그런데 성일이의 누님은 어찌 된 일일까. 현오봉은 도무지 이해할 수 없었다.

양효석은 송경희가 정한 장소인 반도호텔로 갔다. 반도호텔 앞에 서자 몸이 움츠러들고 주눅이 들어 선뜻 들어가지 못하고 머뭇거렸다. 건물의 크기도 크기지만 들고나는 사람들 중에 서양인들이 섞여 있는 것도 신경 쓰였다. 빌어먹을, 어째 요런 데서 만나자고 해 갖고……. 그는 입맛을 다셨다. 아니제, 내가 찾기 좋으라고 그렸을 것잉만……. 그는 생각을 고치고는 걸음을 옮겼다. 그러나 안으로 들어간 그는 완전히 기가 죽고 말았다. 구둣발로 밟아도 될지 안 될지 모를 푹신한 양탄자, 생전 처음 보는 호화로운 실내, 그 별천지 속에서 어찌해야 할지 알 수가 없었다. 그는 어리뜩하고 쭈뼛거리며 커피숍을 찾아가 자리를 잡았다.

송경희는 25분이 지나서야 나타났다.

"안녕허십니까."

양효석은 벌떡 일어서며 거수경례를 올려붙였다.

"어머머, 창피하게 이게 무슨 짓예요. 빨랑 앉아요, 빨랑."

송경희는 차갑게 내쏘았다. 양효석은 얼른 의자에 앉으면서 송경희가 무척 예뻐졌다고 생각했다.

"무얼 드시겠습니까?"

남자가 와서 허리를 굽혔다.

"커피, 블랙."

송경희가 말했다.

"나도요."

양효석이 잇따라 말했다. 송경희의 입가에 경멸적인 웃음이 스치고 지나갔다. 그녀는 물방울무늬가 찍힌 하얀 원피스를 입었고, 실오라기처럼 가는 금목걸이를 하고 있었다. 달걀형인 얼굴과 긴 편인 목은 윤기 나는 검은 머리칼을 배경 삼고, 원피스와 가는 금목걸이에 받쳐져 미모를 한결 돋우고 있었다.

"서울 생활 몇 년이죠?"

"예, 1년이구만요."

"전라도 사람인 게 그리 자랑스러워요?"

"무슨 말씀이시다요?"

"징그럽게도 쓰는군요, 그 사투리. 창피하지도 않아요?"

양효석은 처음으로 사투리가 창피했다. 같은 전라도 여자 앞에서.

커피가 나왔다. 송경희가 커피 잔을 입으로 가져갔다. 양효석도 따라 했다. 한 모금을 입에 머금은 순간 그는 벌떡 일어서며 소리를 지를 뻔했다. 눈이 뒤집힐 정도로 뜨거웠던 것이다. 그렇다고 도로 뱉어 낼 수도 없어 그냥 꿀떡 넘기고 말았다. 커피가 흘러내리는 대로 목이 화끈거리고, 가슴이 얼얼했다. 쓰디쓴 맛은 그다음에 느껴졌다.

"묻겠어요. 송씨하고 양가하고 지체가 같다고 생각하나요?"

송경희가 양효석을 쏘아보며 물었다.

"고것이 무슨 말씀이요. 요즘 세상에 고런 것이 무슨 소용 있소"

양효석은 당황한 속에서도 비위가 뒤틀렸다. 그건 어릴 때부터 그의 가슴 한편을 어둡게 적시고 있는 문제였다.

"소용없다는 건 지체가 낮은 쪽 생각일 뿐예요. 분명히 말하겠어요. 앞으론 절대 편지 보내지 마세요. 동생 보기에 창피하고, 나도 기분 나빠요. 이 말 하려고 온 거예요. 그만 가겠어요."

송경희는 자리를 차고 일어섰다. 양효석은 멍하니 앉아 있었다. 똥바가지를 뒤집어쓴 기분이었다.

"그 매운 삼동 잘 보내고 무슨 늦감기가 저리 질기고 독허까이."

콩나물시루에서 콩나물을 한 움큼 뽑아내며 들몰댁이 구시렁거렸다. 그 말에 화답이라도 하듯 작은아들이 또 기침을 토하기 시작했다.

"아가, 아가……."

들몰댁은 기침을 토하는 작은아들을 붙들고 안절부절못했다. 터지기 시작한 기침은 멈추게 할 방도가 없었다. 기침이 한번 터지면 작은아들은 하얗게 죽어 가고는 했다. 그런 아들을 지켜보면서 들몰댁은 피가 말랐다. 기침감기에 효험이 좋은 갱엿물을 두 번이나 내서 먹였지만 기침은 심해지기만 했다. 그래서 또 갱엿물을 만들려고 콩나물을 뽑던 참이었다.

"야아야, 저리 비켜나그라."

간신히 기침을 잡은 작은아들을 품은 들몰댁은 엎드려 무언가를 쓰고 있는 큰아들의 다리를 밀어붙였다. 큰아들이 공부하고 있는 줄 알면서도 자신도 모르게 짜증이 일었다. 작은아들을 조심스럽게 눕히는 들몰댁의 눈에 눈물이 그렁그렁했다. 흐려진 눈앞에 문득 남편 모습이 떠올랐다. 어디로 겨댕기는고……. 눈물이 쏟아지려 했다. 며칠 전에 또 보도연맹에 가입하라는 시달림을 당했다. 소화가 또 돈을 쥐어 줘서 보냈다. 소화에게 미안하고 면목 없는 일이었다.

작은아들이 잠들자 들몰댁은 마루로 나가 콩나물을 다듬었다. 콩나물을 놋쇠 주발에 넣고, 그 위에 갱엿 덩어리를 놓고 뚜껑을 닫아 따뜻한 아랫목 이불 속에 네댓 시간 묻어 두면 갱엿이 녹아내리며 콩나물에 담긴 수분을 다 빨아내 맑은 갱엿물이 고였다. 그 갱엿물을 서너 시간 간격으로 먹여 하루가 지나면 어지간한 기침감기는 떨어지게 마련이었다.

"종남이가 기침헌 지 며칠 되았제라?"

언제 나왔는지 모르게 소화가 옆에 서 있었다.

"긍께, ……닷새 되는갑만요."

"고것 맹글지 말고 병원 델꼬 가씨요."

들몰댁은 손을 멈추고 소화를 올려다보았다.

"기침 갖고 병원에는 무슨……."

들몰댁은 돈 생각부터 하며 얼버무렸다.

"얼렁 업으씨요. 아그들헌테는 기침이 큰병인 것잉께라."

들몰댁은 결국 소화에게 떠밀려 집을 나섰다. 소화는 멀어지는 들몰댁의 뒷모습에서 진한 외로움을 보고 있었다. 언뜻 들몰댁의 모습이 자기 모습으로 바뀌어 보이기도 했다. 지난번에 유산을 하지 않았더라면 들몰댁의 아이 업은 그 외로운 모습은 자신의 모습이 아닐 수 없었다.

소화의 눈앞에 정하섭의 모습이 어렸다. 갈수록 정이 깊어지면서도 어렵기만 한 사람. 한 달 동안 치료를 받고 무사히 떠날 때까지 한시도 마음을 놓지 못했던 그 긴장과 초조. 상처가 아물고, 예전의 준수한 얼굴을 되찾으면서, 어디론가 도망쳐 살자고 말하고 싶었던 욕심, 그게 안 되면 산으로 따라 들어가고 싶었던 마음. 그분은 전 원장에게 아버지의 흉사를 듣고도 끄떡하지 않았다. "그렇게 돌아가실 줄 알았어요." 이 한마디뿐이었다. "소화한테 아무것도 줄 게 없군. 소화의 고생이 너무 컸는데." 그분이 떠나기 전날 밤 한 말이었다. 마음을 주셨는데 무엇을 더 바라겠습니까. 마음, 그보다 소중한 것이 무엇이겠습니까. 차마 소리 내 말하지 못하고 그분의 넓은 가슴 한 귀퉁이를 눈물로 적실 수밖에 없었다.

소화는 고무신을 신었다. 그분 생각에서 벗어나려면 길남이하고 이야기라도 해야 될 것 같았다. 약간 우울한 듯하면서도 가끔 엉뚱한 것을 묻는 길남이는 만만찮은 이야기 상대였다.

"길남아, 뭐 허냐."

방문을 열자 손가락에 연필을 낀 채 엎드려 잠든 길남이가 보였다. 문을 닫으려다가 소화는 멈칫했다. 눈자위에 운 흔적이 보였다. 소화는 방으로 들어서 머리맡에 펼쳐진 공책 옆에 쪼그려 앉았다.

글짓기. 우리 아버지. 4학년 1반 19번 하길남.

나는 아버지가 없는 것이나 마찬가집니다. 오래 같이 살지 않아서 그렇니다. 나는 아버지 얼굴을 잘 모릅니다. 어떤 때는 똑똑하게 생각나다가도 어떤 때는 영 생각이 안 나기도 합니다. 동생 종남이는 더 그럴 것입니다.

아버지하고 왜 떨어져 사는지 말할 수는 없습니다. 비밀입니다. 나는 아버지와 같이 살고 싶습니다. 종남이도 똑같은 마음입니다. 그래도 우리는 엄니한테 그런 말을 하지 않습니다. 동생이 그런 말을 했다가 엄니가 운 일이 있습니다. 동생은 나한테 반 죽게 맞은 담부터 그런 말은 안 하게 되었습니다.

동생은 썰매를 탄다고 겨울을 좋아합니다. 동생도 더 나이 먹으면 나처럼 겨울을 싫어하게 될 것입니다. 겨울이 되면 아버지가 더 보고 싶고, 더 걱정됩니다. 엄니도 한숨을 더 자주 쉽니다.

나는 이 세상에서 제일 무서운 것이 순사입니다. 제일 미운 것도 순사입니다. (이 대목은 두 줄을 그어 지워 놓고 있었다.) 나는 아버지라는 글짓기가 싫습니다. 쓸 것은 많아도 마음대로 쓸 수가 없습니다. 아버지 생각만 하면 눈물이 납니다. 엄니가 불쌍하고 동생이 불쌍하고 나도 불쌍……

글짓기는 여기서 중단되었고, 공책에는 눈물방울 떨어진 흔적이 남아 있었다. 길남이의 우울함이 아버지 탓이라고 짐작은 하고 있었지만, 그런 생각을 하고 있는 줄은 몰랐다. 소화는 눈물 젖은 눈으로 잠든 길남이를 물끄러미 바라보았다.

읍내에는 선거판이 한창이었다. 큰길에는 후보자들의 현수막이 내걸렸고, 동네 토담 벽에까지 후보자들의 사진을 박은 선전 장들이 다닥다닥 붙어 있었다. 후보는 자그마치 여섯이었다.

국회의원 최익승은 세무서 옆에 선거 사무실을 차려 놓고 선거를 진두지휘하고 있었다. 그는 서울에서 내려오자마자 서민영을 찾아갔다.

"서 선생, 어떻게, 딱 한 번만 찬조 연설을 해 주시오. 그 은혜 평생 안 잊겠소."

최익승은 머리를 조아리듯이 조심스럽게 말했다. 서민영은 눈을 내리깐 채 거들떠보지도 않았다.

"꼭 좀 부탁합니다. 이거 얼마 안 되는데, 야학에 기부하는 거요."

최익승이 한지에 싼 것을 내밀었다.

"가져가시오. 우리 야학은 돈이 모자라지 않소."

서민영의 차가운 말이었다.

"어디 두고 봅시다. 이 세상이 혼자서만 살아지나."

최익승은 자리를 박차고 일어나며 내뱉었다.

그는 선거 초장부터 속이 뒤집혀 있었다. 기호 제비뽑기에서 하필이면 '4번'이 나온 것이다. 그는 지난번과 같은 '2번'이 나오기를 바랐다. 2번은 당선을 안겨 준 행운의 번호인 데다가 눈도 둘이요, 귀도 둘이요, 손도 둘이요, 기호는 둘 최익승…… 하는 노래를 그대로 이용할 수도 있었다. 넉 사야, 넉 사! 그는 불길한 기분을 청소라도 하듯 속으로 외쳤다. 그런데 그 외침에는 생략된 말이 있었다. 그것이 제대로 아귀가 맞으려면, 죽을 사가 아니라 넉 사야, 넉 사!가 되어야 하는데 그는 그놈의 '죽을 사'라는 말은 입에 올리기조차 끔찍했다.

몸도 다 회복되었겠다, 제철을 만난 염상구는 최익승 편으로 신바람을 일으키고 있었다. 여섯 명이나 후보가 난립한 상황은 그의 주가를 한껏 높여 주었다. "지가 의원님 각하를 위해 일 안 허고 누구를 위해 일허겠는가요. 지가 발 벗고 나서기만 허면 우리 아그들 싹 다 발동 걸어서 싹수머리 없이 나대는 딴 후보 운동원들부터 쳐 없앨 수 있는디, 근디……." "근디?" 최익승이 눈을 키웠다. "청년단장이 아니라 감찰부장이라 체면이 영……." "아, 염려 말아. 내가 당장 뜯어고칠 거이께." "그리 혀 주시면 백골난망이고 분골쇄신허겠구만요. 근디 보성 아그들까지 다 휘두르자면 고것이……." "암, 기름이 있어야 차가 가고, 석탄이 있어야 기차가 가지." 최익승이 만족스럽게 웃어 젖혔다.

그렇게 염상구는 청년단장 자리를 되찾았고, 최익승에게 받은 거금의 반을 뚝 잘라 제 몫으로 챙겼다.

벌교·보성 오일장은 대목장보다 더 흥청거렸다. 후보마다 술판을 벌여 놓았고, 투표권이 있는 남자들은 다 장터로 몰려나와 맘껏 술을 마셨다. "주는 술잉게 먹고 보드라고." "하면, 돈 많은 놈들이 돈 쓰겄다는디 쓰게 혀 줘야제." 남자들은 이 자리에서 마시고 얼큰해지고, 저 자리에서 마시고 알딸딸해지고, 다음 자리에서 마시고 곤드레가 되고, 장터를 떠날 때는 거의가 취할 대로 취해 있었다. 서너 네댓씩 몰려 집으로 돌아가며 그들은 속을 비로소 털어놓기 시작했다. "하, 호로자식들, 애국자 아닌 놈 하나 없데." "힝, 농민 안 위허는 놈은 어디 있고?" "다 죽일 놈들이여. 전번에 토지는 싹 다 농민헌테 준다, 농민은 나라의 쥔이다, 허고 떠든 놈들이 바로 그놈들이여. 근디 농지개혁은 워치케 했냐 그것이여, 개잡녀러 새끼들." "술 얻어먹고 요런 소리 허기는 안되았다마는, 찍어 줄 놈 하나 없드라." "안되았기는 뭣이 안돼야, 우리는 술을 얻어먹은 것이 아니라 우리 술 찾아 먹은 것이여. 그놈들 돈은 다 불쌍헌 우리 피 빨고 등가죽 벗겨서 모은 것이다 그것이여. 후보들은 싹 다 지주 아니면 지주네 새끼들이 아니냔 말여. 술은 먹었어도 정신은 똑똑히 차려." "허, 말 한번 쌈빡허니 잘혔네. 하면, 우리 술 우리가 찾아 먹은 것이제." "그나저나 최익승이를 어쩌야 쓰까?" "어쩌기는, 요번에 야물딱지게 원수 갚어야제. 한민당 놈들도 다 떨어뜨려서 짠맛 뵈고, 우리 농민들이 빙신이 아니란 걸 가르쳐 줘야 허네." "최익승이가 당선되기는 글렀네. 기호를 보소." "그 뒤질 사 자? 하면, 기호맹키로 콱 뒤져야제." "최익승이 그놈은 우리 속인 것도 모자라서 국회의원 권세 갖고 술

158

도가 맹근 것 보드라고. 고것이 어디 사람이여!"

어느 후보가 집집마다 고무신을 돌리면, 다른 후보가 질세라 빨랫비누를 돌리고, 뒤따라 또 다른 후보가 세수수건을 돌렸다. 거렁뱅이들도 한바탕 호시절을 맞고 있었다.

그런데 술판도 벌이지 않고, 물건도 돌리지 않는 사람이 있었다. 기호 '3번' 무소속 안창배였다. 후보들 중 가장 젊은 그는 낙안벌의 안씨 문중을 배경으로 삼고 있었다. 안창민과 같은 항렬인 그는 광주에서 변호사를 하다가 이번에 고향에서 출마한 것이다. 그도 물론 지주의 아들이지만 그의 아버지 재산은 500석 정도라서 큰기침하는 지주 축에 들지는 않았다.

그가 유권자들에게 내세울 수 있는 것은, 누구나 두세 번 낙방은 예사로 하는 법관 시험을 한 번에 합격했다는 것과, 검사 생활 1년 만에 변호사로 돌아서 친일을 하지 않았다는 것과, 정치를 바르게 하려면 때 묻지 않은 새 사람을 국회로 보내야 한다는 것이었다. 그러나 머리 좋다는 것은 촌스러움이고, 친일 행위는 하지 않았지만 투쟁적인 변호사 노릇을 한 것은 아니었고, 새 사람이라고는 하지만 장유유서를 내세우는 사회에서 젊음은 약점임을 그는 알고 있었다. 그는 '새 사람'을 내세운 이상 술판을 벌이거나 선물 공세를 할 수 없었고, 다섯 경쟁자들의 행위를 공격해서 자신을 세워 가는 작전을 쓰고 있었다. 그는 운동원들에게 '기호 3번 새 일꾼 안창배'만 외고 다니게 했고, 자신은 한 집도 빼놓지 않고 집집마다 찾아다니며 손을 잡았다. 그러면서 주는 건 다 받아 쓰고, 찍을 때는 진짜 깨끗한 사람, 일할 사람을 찍으라고 했다. 그는 분명 다른 후보들과 달랐지만 역시 판세를 장악한 후보는 최익승이었다.

안창배는 초조해졌다. 출마할 때 꼭 당선되겠다는 생각보다는 다음을 위한 연습이라는 생각이 컸다. 그런데 막상 뛰어들고 보니 갈수록 승부욕이 커져 연습이라는 생각을 잡아먹었다. 승부욕은 꼭 당선되어야 한다는 욕심으로 바뀌었다. 그는 고민 끝에 서민영 선생을 찾아갔다.

"선생님, 저를 좀 도와주십시오."

안창배는 여러 말 앞뒤에 붙이지 않고 솔직하게 필요한 말만 했다.

"정치로 나서다니, 어쩌려고?"

서민영의 느리고 낮은 말이었다.

"변호사로 돌아설 때와 같은 심정입니다."

서민영의 눈길이 서서히 안창배에게 옮겨졌다. 일제 때 검사로 일하기 괴롭다고 토로했을 때, 조선 사람으로 괴로운 건 당연하고, 괴로움을 느꼈으면 돌아서게, 했던 자신의 말과, 지체 없이 결행했던 청년 안창배를 서민영은 떠올리고 있었다.

"정치에 자신이 있는가?"

"없습니다."

"헌데 무얼 어쩌려고?"

"제 몫만이라도 지켜 볼 작정입니다."

야학 일을 돕던 안창배를 기억 속에서 더듬으며 서민영은 보일 듯 말 듯 고개를 끄덕였다.

"왜, 최익승을 이기기 어렵겠나?"

"그런 느낌이 듭니다."

"내가 어찌 도우라는 것인가?"

"제가 어찌 그것까지……."

서민영은 고개를 숙였다. 한참 동안 침묵이 흘렀다.

"이런 타락 선거에서 올바른 방법으로 이기는 것만도 큰일이지. 내가 자네 찬조 연설을 하지."

"선생님!"

안창배는 두 손으로 방바닥을 짚으며 허리를 꺾었다.

선거전 양상은 후반으로 접어들면서 뒤집히기 시작했다. 사람들 입에 기호 3번이 자주 오르내렸고, 반대로 아이들 입에서까지 '죽을 사 최익승, 뒤질 사 최익승'이란 말이 돌았다. 그즈음부터 여기저기서 폭력 사태가 일어났다. 김종연이 술기운에 입바른 소리를 하다가 서너 명에게 매타작을 당해 이빨이 두 개나 부러졌다. 마삼수도 최익승 험담을 늘어놓은 다음 날 끌려가 몰매를 맞았다. 자애병원 전 원장은 전화로 수없이 공갈 협박을 당했다. 그럴수록 전 원장은 환자들을 상대로 안창배 선거운동에 열을 올렸다.

그런 사태가 벌어질 때마다 민심이 돌아섰고, 최익승은 돈을 물 쓰듯 했다. 돈으로 표를 사려는 마지막 몸부림이었다. 그렇게 제2대 국회의원 선거 날이 다가왔다.

투표가 실시되는 두 국민학교 운동장까지 막걸리 통이 즐비했다. 남자들은 너나없이 막걸리를 서너 사발씩 들이켰고, 어김없이 '기호 넷 최익승'이란 말을 듣고 고개를 끄덕이며 투표장으로 들어갔다. 술판은 투표가 끝나는 해 질 녘까지 계속되었다. 다른 후보들이 강력히 항의했지만 먹혀들지 않았다. 투표장의 분위기로 보아 최익승의 재선은 의심할 여지조차 없었다.

군청에서 개표가 시작되었다. 초반부터 안창배와 최익승의 싸움으로 판도가 드러났다. 서로 앞서거니 뒤서거니 하던 표는 10시가 넘으면서부터 안창배 쪽으로 말뚝을 박기 시작했다. 그리고 새벽 2시에 완료된 개표 결과는 안창배의 당선이었다. 1,200표 차이였다.

"선생님, 다 선생님 덕입니다."

안창배가 머리를 조아렸다.

"무슨 소린가, 민심의 심판일세."

서민영은 지그시 웃음 지었다.

신문들은 전국의 선거 결과를 보도했다. 먼저 이번 선거는 여당인 대한국민당의 참패였다. 국민당은 대통령이 되고 나서 한민당에 등을 돌린 이승만을 옹립하며 결성된 의석 70석의 여당이었다. 그런데 이번 선거에서 고작 22명이 당선되었다. 그다음으로 대중에게 배척당하고 이승만한테까지 버림받은 한민당은 궁여지책으로 민주국민당으로 변신했다. 그런데 선거 결과는 고작 23명 당선이었다. 거기에 맞서 무소속 당선자는 자그마치 126명이었다. 선거 결과는 대통령 이승만에 대한 불신과 친일 지주 중심인 한민당 계열의 배척을 분명하게 드러냈다. 이변은 벌교·보성뿐만 아니라 전국에 걸쳐 일어난 것이다. 그리고 그건 서민영의 말마따나 '민심의 심판'이었다.

10

아, 내가 잘못 생각한 것이다

손승호가 경찰에 끌려가고, 그가 일하던 출판사는 문을 닫았다. 사상이 불온한 서적을 출판했다는 혐의였다.

김범우는 면회를 시도했지만 뜻대로 되지 않았다. '사상'에 관계되는 한 경찰의 통제는 철저했다. 민기홍은 사회부 기자니까 혹시 선이 닿는 형사가 있을지도 모른다는 생각이 들었다.

"나도 면회를 시도했지만 실패였소."

민기홍의 말을 들으며 김범우는 사상 범죄가 어떤 범죄보다 혹독하게 다루어지고 있는 현실을 다시 실감했다.

"손승호 씨는 그다지 염려하지 않아도 되지 않겠소? 검열 받을 걸 알고 만든 책이 불온하면 얼마나 불온하겠소."

"그렇지만 일단 두들기기부터 할 것이고, 어떤 사건을 조작해서 얽어 넣으려고 하지 않겠습니까?"

"그야 그렇겠지요. 그자들이야 다시 일정시대 같은 권력을 확보하는 게 목적이니까요."

"도대체 이놈의 세상을 어찌해야 좋을지, 환멸스러워 살 수가 없군요."

"일말의 양심을 가진 지식인치고 지금의 현실에 환멸을 품지 않은 사람이 없겠지만, 환멸은 환멸일 뿐 무슨 방도가 되겠소? 혼자 고민해 봤자 공염불이고, 서넛이 모여 앉아 고민해 봐도 공염불이오. 대항하자니 좌익으로 몰아치는 올가미가 목을 낚아챌 뿐이오. 이런 상황에서는 한 사람의 대중으로 현실을 올바로 지켜볼 수밖에 없다는 생각이오."

민기홍이 안경의 코걸이를 올렸다.

"그게…… 대중 앞에 서지 못할 바에는 대중의 삶이나 제대로 살라는 뜻인가요?"

"……내 생각에 이놈의 세상이 달라지는 데는 한 가지 방법밖에 없을 것 같소. 기왕 썩은 세상이니까 한 이삼 년 더 푹푹 썩게 내버려 두는 거요. 권력이 썩을 대로 썩다 보면 제물에 무너질 테고, 그러는 동안 대중의 불만은 쌓일 대로 쌓여 폭발하고, 그렇게 되면 자연스럽게 세상이 뒤집어지지 않겠소."

"그게 이삼 년이 아니라 이삼십 년 걸리면 어쩝니까?"

"장담할 수는 없지만, 권력의 횡포와 부패를 대중들이 그렇게 오래 참으리라 생각되진 않소."

민기홍은 묘한 웃음을 흘렸다.

경찰력으로 대표되는 권력의 횡포는 갈수록 대중의 원성을 샀고, 관공서의 부패는 점점 더 심해지고 있었다. 그렇다 해도 민기홍의 말은 막연했다. 그렇다고 틀린 말도 아니었다. 부패한 지배층에 대한 대중의 반감은 사회혁명이 일어나는 계기가 될 수 있었다. 그런데 민기홍이 그 시기를 이삼 년으로 점치는 것이 다소 놀라웠다.

"이삼 년이라고 한 데는 무슨 근거라도 있습니까?"

김범우는 신중하게 물었다.

"지난 국회의원 선거요. 나는 지난 선거를 이성적 대중 혁명이라고 생각하오. 선거 결과는 대중들이 얼마나 제대로 된 정치를 원하고 있는지를 보여 주었소. 현 정권이 그 뜻을 제대로 파악하지 못하면, 그때는 대중 혁명이 일어날 수밖에 없소. 권력의 횡포가 이런 식으로 계속되면 대중들은 다음 선거 때까지 기다리지 않을 거라는 게 내 생각이오."

민기홍은 확신에 차서 말했다. 지식인의 고민 따위는 집어치우고 대중의 한 사람으로 정신 차리고 살다가 그런 시기가 닥치면 행동을 제대로 하라는 민기홍의 생략된 말을 김범우는 찾아냈다.

"민 선배님 말씀에 수긍이 갑니다."

"하여튼 이대로는 안 된다는 것은 틀림없소. 이 형이나 손승호 씨 문제도 다 그 테두리 안에서 일어나는 권력의 폭력이오. 나로 서도 당장 어쩔 수 없으니 좀 두고 봅시다."

민기홍이 시계를 들여다보았다.

손승호의 얼굴은 통통 부어 있었다. 어제 취조를 받으면서 양 쪽 볼을 어찌나 얻어맞았는지 밤을 새고 나니 코가 없어질 정도 로 얼굴이 부어오른 것이다.

"오늘은 바른대로 대. 느네 사장 남로당 직책이 뭐야."

형사가 나직한 목소리로 물었다.

"어제 말한 대로, 모릅니다."

손승호는 눈길은 떨어뜨린 채 대답했다.

"이 쌔애끼! 뒈지고 싶어!"

형사가 책상을 내리쳤다. 손승호는 이를 악물었다. 또 볼을 칠 까 봐 일어난 반사작용이었다. 그러나 그는 신음을 삼키며 맞물 었던 어금니를 떼어 버렸다. 뺨을 너무 맞아 이뿌리가 모두 들떴 는지 갑자기 솟는 통증을 견딜 수 없었던 것이다.

"너, 볼 다 터지고, 이빨 다 빠지기 전에 불어. 느네 사장 남로당 직책이 뭐였어."

"정말 모릅……"

"개애새끼!"

말을 끝내기도 전에 형사의 손바닥이 손승호의 왼쪽 볼을 후려
쳤다. 눈에 불이 번쩍 일며 비명이 울컥 솟았다. 그러나 손승호는
비명이 입 밖으로 나오지 않도록 주먹을 부르쥐며 참아 냈다. 어
제부터 꼭 따귀만을 때리는 형사 놈에게 첫 번부터 비명을 들려
주고 싶지는 않았다. 그러나 볼에 느껴지는 통증은 어제보다 훨

씬 심해 견디기 어려웠다.

"그럼 네놈 직책은 뭐였어?"

"직원일 뿐……."

"닥쳐!"

이번에는 오른쪽 볼에 주먹이 날아왔다. 손승호는 코로 신음을 흘리며 손바닥으로 볼을 감쌌다.

"빨갱이들이 아무리 독하다 해도 일단 우리 손에 잡힌 이상 그 독기 빼는 방법은 얼마든지 있어. 골병들고 나서 불지 말고 어서 불어, 남로당 직책이 뭐야."

"……."

손승호는 더 대꾸할 필요를 느끼지 않았다.

"이 새끼, 내 말 안 들려!"

형사가 벌떡 일어서며 손승호의 왼쪽 뺨을 후려갈겼다.

"어크으으으……."

손승호의 입에서 비명이 터지며 몸이 오그라들었다. 그리고 책상 위로 피가 뚝 뚝 뚝 떨어졌다. 그 핏방울을 손승호는 꼼짝하지 않고 내려다보고 있었다. 아, 너 같은 친일파 놈에게 내가 이런 치욕을 당하다니, 너 같은 민족 반역자들이 이 땅에 도대체 몇이냐. 내가 이렇게 견딜 수 없는데, 독립운동을 한 사람들이 공산주의자라는 이유로 네놈들한테 이런 꼴을 당한 그 심정은 어떠했을까. 아, 도대체 이게 무슨 꼴이냐, 이게 무슨 나라냐. 내가 잘못 생각한 것이다. 해방이 되자마자 너 같은 놈을 하나 죽이고 나도 죽었더라면 얼마나 의미 있는 죽음이었을 것이냐. 너 같은 종자들이 150만, 나 같은 생각을 하는 사람이 150만이라면 이 땅은 깨끗해지는 것이 아니냐. 네놈을 죽일 무기만 있다면 네놈을 당장 죽이고 나도 죽고 말겠다, 정말이지 죽고 말겠다.

"이 새끼, 고개 쳐들고 코 막어!"

형사가 손승호의 머리카락을 움켜잡아 고개를 뒤로 젖히고는 손에 솜뭉치를 쥐어 주었다.

『친일문학과 민족정신의 훼손』이란 책이 얼마나 중요하고 잘 쓴 책인데, 네놈들이 빨갱이로 몰아친단 말이냐. 각계각층에 도사리고 있는 친일파·민족 반역자들이 제놈들을 서로 보호하려고 이런 식으로 작당한 것이다. 아, 편집을 할 뿐인 나를 이렇게 다루는데, 필자와 사장은 이미 사경을 헤매고 있지 않을까. 나보다 나이가 아래인 필자 신기식, 그는 원고를 쓸 때 이런 수난이 닥칠 것을 예상했을까. 나보다 어린 사람이 그 막중한 일을 해냈다는 사실 앞에서 얼마나 부끄러웠던가. 당신이 해낸 그 장한 일에 비하면 이까짓 수난쯤 아무것도 아니다. 마땅히 칭송받을 일을 해놓고도 정작 범죄 당사자들 손에 이런 꼴을 당하는 어처구니없는 현실이지만, 이럴수록 그 책은 더 필요한 것 아니겠소. 견디시오, 꿋꿋하게 견디시오. 나도 당신의 책을 만든 보람만으로 이 수모와 분함을 견뎌 내겠소.

손승호는 비릿한 피를 자꾸 목으로 넘기며 신기식이 해낸 일의 의미를 되새기고 있었다.

"요런 시건방진 새끼, 친일파가 느네 할애비를 죽였냐, 애비를 죽였냐, 어디다 대고 시비냐. 내가 친일을 하고 싶어서 한 것이 아니다, 내 한 몸 버려 민족과 나라에 다소나마 이익이 될 수 있다면 나를 희생해도 좋다는 생각으로 나선 것이다. 이 유명한 이광수 선생의 말씀을 니놈은 듣지도 못했어! 바로 그런 애국자들을 친일파다, 민족 반역자다, 하고 물어뜯는 놈은 다 빨갱이 새끼야."

형사가 손승호의 머리를 쥐어박고 돌아섰다.

들녘에 모내기가 한창이었다. 논 여기저기 사람들이 오글거리며 "어허어이, 담 줄을 놓세그려!" "얼싸 좋네, 힘을 쓰소!" 하고 모내기 줄을 옮기는 소리가 울려 퍼지는 들녘에는 싱싱한 생기가 살아 올랐다.

비록 빚을 내서 치르는 모내기지만, 소작인들에게 금년 모내기는 예년과 달랐다. 기대만큼 논마지기가 많지는 않았지만 그래도 농지개혁이 되어 이제 자기 논밭에 농사를 짓게 된 것이다. 앞으로 5년 동안 상환금 갚을 일이 남아 있기는 해도, 끝없이 빼앗겨야 하는 소작료에 비하면 그건 근심거리도 아니었다. 그래서 올해 모내기는 어느 때 없이 활기차고 신바람이 났다.

계엄군 병력 반이 역 마당에 집결해 있었다. 그들은 보성군을 떠나는 참이었다. 송별식을 마친 100여 명은 차례로 역을 빠져나갔다. 그 뒤를 읍장을 비롯한 관공서 장들과 유지들이 따랐다.

"중대, 차려우왓! 사령관님을 향하야 받들어으총!"

인솔자 강 상사가 구령을 붙였다. 사병들이 기계처럼 동작을 하고, 백남식이 경례를 받았다.

"장병 제군, 목적지까지 질서 정연하게 행동하기 바란다. 이상."

다시 받들어총의 경례가 끝나고, 강 상사가 사병들을 향해 소리쳤다.

"1분대부터 승차!"

군인들은 빠른 동작으로 기차에 올랐고, 기차는 곧 출발했다. 유지들은 멀어지는 기차를 향해 손을 흔들었다. 백남식은 꼿꼿이 선 채 기차를 응시하고 있었지만, 속은 영 좋지 않았다. 계엄령이 해제되면서 계엄사령관이란 직책이 주둔군 지휘관으로 변했고, 그에 따라 막강한 권한은 하루아침에 사라졌다. 이제 병력마저 반으로 줄었으니 꼴은 더욱 초라해지고 말았다. 토벌대장 임만수는 국회의원 선거 뒤에 이미 벌교를 떠났다.

벌교중·상업고등학교가 정식으로 개교했다. 그렇다고 학교가 새로운 모습을 갖춘 것은 아니고 기존의 상업 학원에 새 간판을 바꿔 단 정도였다. 그러나 벌교에 중·고등학교가 생겼다는 것은 큰 사건이었다. 우선 군청 소재지인 보성을 눌렀다는 것이 벌교 사람들을 기분 좋게 했고, 벌교도 이제 순천 못지않다는 자부심을 갖게 했다.

국회의원 선거가 끝나고 일어난 그런 변화를 아는지 모르는지 안창민네는 흔적도 보이지 않았다. 열성스레 뿌리던 삐라도 볼 수 없었고, 어딘가 나타났다는 소문도 들리지 않았다. 농사일에 쫓기는 사람들은 그들을 생각할 겨를이 없었고, 군경마저 그들이 완전 소탕되었을지 모른다는 생각을 갖게 했다.

그러나 그들은 산속에 엄연히 살아 있었다. 소조로 분산된 그들은 산마다 비트를 틀고 앉아 서로 선을 대고, 이동하고, 은밀하게 활동을 계속했다. 동면하면서 조직을 복구하기로 전략을 바꾼 것이다.

"참말로 끝까지 거짓말허겄어!"

한 차석이 소리 지르며 싸리 회초리를 휘둘렀다. 싸리 회초리는 싸늘한 소리를 뿌리며 남자의 등줄기를 후려쳤다.

"워메!"

남자의 몸이 들썩 솟았다가 내려앉았다.

"너도 왜 거짓말해!"

싸리 회초리가 다시 날아갔다.

"어이쿠메!"

옆의 남자도 몸을 솟구쳤다. 삼베 저고리를 걸친 두 남자의 몸은 싸리 회초리 앞에 알몸이나 다름없었다. 질기고 낭창낭창한 싸리 회초리는 여지없이 그들의 몸을 파고들어 눈에서 불똥이 튕기는 아픔을 심었다. 몽둥이나 가죽 혁대나 그 어느 것이 맞을 만할까마는 싸리 회초리의 매맛은 특히나 맵고 독하기로 이름나 있었다. 몽둥이처럼 얼병도 들게 하지 않고, 가죽 혁대처럼 살을 찢지 않으면서도 싸리 회초리는 몸에 찰싹 감겼다가 튕겨 나가며 번갯불이 이는 아픔을 맛보게 했다. 어지간한 사람은 싸리 회초리질을 20번 이상 견디지 못했다. 그래서 그랬는지 일본 놈들은 싸리 회초리질을 즐겼다.

"싸게 말혀. 느그 빨갱이제!"

"아니랑께라, 그냥 당혔당께라."

"하먼이라, 총 앞에서 어쩔 것이요."

두 남자는 다투듯이 말했다.

"이 새끼들! 그럼 어째 신고를 안 혀!"

한 차석은 또 회초리질을 해 댔다. 두 남자가 비명을 토하며 몸을 들썩들썩했다.

"느그들은 틀림없이 빨갱이 세포여. 여기 율어 놈들은 하나도 믿을 놈이 없어. 어디 누가 이기는가 보드라고."

한 차석은 다시 싸리 회초리를 휘둘렀다.

"워메 미치겠는거, 아니랑께라."

"어째 쌩사람 잡고 이러요."

"시끄러, 빨갱이제!"

또 싸리 회초리가 바람을 일으켰다. 한번 매질을 시작한 한 차석의 감정은 점점 뜨겁고 거칠어지고 있었다.

"어허, 요것이 무슨 난리판굿이여, 한 차석!"

느릿하고 커다란 목소리가 지서 안을 울렸다. 회초리를 내려치려던 한 차석이 후닥닥 몸을 일으켰다. 지서장 이근술의 웃음기 가신 얼굴을 보자 한 차석은 스르르 힘이 풀렸다. 지서장의 얼굴에서 웃음기가 가셨다는 것은 무지무지 화가 났다는 뜻이고, 지서장이 본서에서 돌아오기 전에 기어코 자백을 받아 내려던 계획은 수포로 돌아가고 말았다.

"아이구메, 우리 좀 살려 주시씨요."

두 남자는 지서장에게 쭈르르 달려가 그 앞에 엎드렸다.

"일어나서 걸상에 앉으씨요." 이근술은 두 남자에게 이르고는 "어쩐 매질이오." 하고 한 차석에게 물었다.

"산빨갱이헌테 보리쌀을 장만해 준 빨갱이 혐의구만요."

한 차석은 공비도 아니고 빨치산도 아니고 '산빨갱이'라고 했다.

"확실헌 좌익이라도 법으로 처리허면 되는디, 혐의만 갖고 무슨 매질이여. 나가 있으씨요."

이근술이 한 차석을 외면해 버렸다.

빙신 팔푼이 같은 새끼, 너 같은 놈만 있으면 빨갱이 새끼들헌테 나라 벌써 망해 먹었다. 한 차석은 끄응 힘을 쓰며 문을 박차고 나갔다. 이근술식으로 했다가는 빨갱이 세포 하나 잡을 수 없고, 점수 따기는 다 글러 승진도 못한 채 차석으로 한평생을 보내야 할 판이었다. 그래서 이근술이 없는 사이에 한 건 하려 했는데, 그 물건이 예상보다 빨리 들이닥치고 말았던 것이다.

"어째, 많이 맞었소?"

이근술이 자리에 앉으며 부드럽게 물었다.

"야, 그냥 그리……."

한 남자가 어물거렸고, 다른 남자는 그저 고개만 끄덕거렸다.

"너무 섭허게 생각 마씨요. 한 차석도 좌익을 막을라다 봉께 그리된 것이요."

"알겄구만이라."

"하면이라."

두 남자는 거의 동시에 대답했다. 이근술은 두 남자의 재빠른 동의가 진심은 아니라고 생각했다. 아픈 매질을 당하고, 그 아픔

176

이 미처 가시기도 전에 매질당한 감정을 풀 수는 없는 일이었다. 다만 그들은 경찰에 대한 두려움 때문에 감정을 감출 뿐이었다. 그는 그런 모습을 보는 게 괴로웠다. 그래서 일정 때부터 때리는 짓은 하지 않았다. 그 억지는 생사람을 잡기 일쑤였고, 그렇게 밥을 빌어먹고 싶지는 않았다.

"보리쌀을 가져간 것이 언제요?"

"어지께 밤이구만이라."

"얼마나 가져갔소?"

"우리 집서 한 말, 이 사람 집서 한 말, 그렇구만이라."

"몇 사람이 왔습디여?"

"세 사람이드만요."

"아는 사람들입디여?"

"둘은 모르겠고, 키가 땅딸막헌 대장은 금시 알아보겠드만이라."

"하대치란 사람 아닙디여?"

"잉, 이름을 듣고 봉께 그런 것 같구만이라."

"어지께로 몇 번째 왔습디여?"

"여기 떠난 뒤로 첨이구만이라."

"무슨 말 허고 간 것 없소?"

"새 세상 되면 꼭 갚는다고라."

"그 말을 믿소?"

"안 갚겄다는 말보다야 낫지만 믿기야 허간디라."

"보리쌀 뺏긴 것 억울허지 않소?"

"……지서장님 앞이라 거짓말은 못허겄고, 그 사람들이 여기 차지허고 있을 동안 우리헌테 워낙 잘해 줘서 억울허단 맘은 별로 안 드는구만이라."

"다 됐구만요. 인제 돌아가시씨요."

이근술은, 왜 신고하지 않았냐고 묻지는 않았다. 그것은 괜한 트집일 뿐이었다. 유도신문이 섞여 있는 자신의 질문에 남자는 솔직하게 대답했다. 그 대답에는 그가 좌익이라는 혐의나 세포라는 의심이 전혀 가지 않았다. 다만 그 남자의 좌익에 대한 호감은 경찰의 감정을 긁기에 딱 좋았다. 그러나 그건 그의 잘못이 아니었다. 좌익이 호감을 산 것은 좌익의 노력의 결과였고, 경찰이 호감을 사지 못한 것은 경찰의 책임이었다. 경찰이고 군인이고 정치하는 사람들이고 그 엄연한 사실을 받아들이려 하지 않는 데에 오히려 문제점이 있었다. 한 차석은 좌익의 호감을 우익의 호감으로 바꿀 생각은 않고 오히려 매질을 해서 괜한 사람을 좌익으로 만들고 있었다. 이근술은 그런 사람들과 함께 경찰 노릇을 하는 것에 또다시 염증을 느꼈다.

6월 중순이 넘어가면서 더위가 완연했다. 날씨처럼 김범우의 마음도 후텁지근했다. 일요일이라 늦은 아침을 먹은 그는 문턱에 다리를 걸친 채 심재모의 편지를 읽고 있었다. 편지에는 다섯 장의 손수건을 보냈던 미지의 주인공이 자기를 찾아온 연유와, 함께 지내게 된 사연이 적혀 있었다. 토벌 작전이 거의 끝나 곧 부대가 이동할 텐데, 그 여자를 어찌하면 좋을지 몰라 고민 중이라고도 했다.

김범우는 편지를 문턱에 놓으며, 싫지 않으면 결혼할 일이지, 하고 생각했다. 심재모가 그 여자를 몇 개월이나 곁에 두고 있는 것이 단순히 동정 같지만은 않았다. 그러나 한자리에 앉았으면 농담 삼아 할 수 있는 말이지만 편지로 쓰기에는 좀 난처했다.

김범우는 화단에 눈길을 보냈다. 화단에는 분꽃, 맨드라미, 칸나, 접시꽃 같은 여름 꽃들이 그득 피어 있었다. 감방에서 얼마나 답답할까. 그는 이학송과 손승호를 생각했다. 여전히 면회는 되지 않았다.

"선생님, 계셨군요. 안녕하세요."

김범우는 눈길을 모았다. 송경희가 화사하게 웃고 서 있었다.

"엉, 어쩐 일인가?"

"어쩐 일이긴요, 손 선생님이 걱정돼서 또 왔죠."

"그런가, 면회 아직도 안 되네."

"아이 선생님, 앉으라는 말씀부터 좀 해 보세요."

송경희는 서운한 척 눈을 흘겼다.

"응, 앉지 앉어."

앉고 싶으면 앉을 일이지 꼭 권해서 앉아야 맛인가. 김범우는
그 서양식을 흉내 내는 언행이나, 입으로는 '선생님'이라고 하면서
도 대접은 '여자'로 받기를 원하는 태도가 마땅찮았다.

"이 편지 집에서 온 거예요?"

송경희는 채듯이 빠르게 편지를 집었다. 원, 저렇게 무교양하고
천박할 수가 있나. 절제라고는 없이 풍겨 대는 그녀의 여자 냄새
에 김범우는 역겨움을 느꼈다. 처음 그녀를 집으로 데려온 것은
손승호였다. 자신이 손승호와 함께 살고 있다는 것을 알게 된 그
녀가 '존경하는 선생님을 만나 뵙겠다.'며 굳이 손승호를 따라온
것이었다. 손승호가 종로통에서 그녀와 마주쳤고, 그녀의 아는 체
에 따라 다방으로 갔고, 이야기를 하다 보니 자신과 함께 살고 있
다는 말이 나온 것까지는 하등 이상할 게 없었다. 그런데 잘 알지
도 못하는 그녀가 왜 자신을 존경한다는 것인지 모를 일이었다.
죽은 금융조합장 딸이라는 말에 그저 아는 척했을 뿐이고, 존경
이란 10대 후반의 나이에 흔히 갖게 되는 감상이겠거니 하고 말
았다. 그런데 그녀는 두 번째부터 당돌할 만큼 노골적으로 여자
냄새를 풍김으로써 존경의 뜻을 확실히 깨닫게 했다. 그런 다음
그녀는 회사로든 집으로든 불쑥불쑥 찾아왔다.

"집에서 온 편지가 아닌데요?"

송경희는 편지를 던지듯 놓았다. 그게 실례인 줄 모르냐고 나무랄까 하다가 김범우는 마음을 닫아 버렸다. 그럴 만한 관심도 없었고, 그녀가 자신의 말을 제대로 받아들일 것 같지도 않았다.

"선생님, 오늘 무슨 요일인지 아세요?"

송경희는 복숭앗빛 얼굴에 환하고도 야한 웃음을 피우며 콧소리를 섞어 물었다.

"일요일 아닌가."

"선생님, 집에만 계시지 말고 정릉이나 우이동 골짜기로 나가요. 손 선생님 땜에 상하시는 속 제가 위로해 드릴게요. 제가 새로 쓴 시도 들어 주시구요."

"난 회사에 나가야 돼. 사건 취재를 해야 하니까."

김범우는 무뚝뚝하게 말하며 불끈 일어섰다.

11

1950년 6월 25일

이지숙은 여느 날처럼 눈을 뜨자마자 라디오를 켰다.

"……북괴군이 삼팔선 전역에 걸쳐 대거 남침을 강행해 왔습니다."

잡음과 함께 라디오가 토하는 말이었다. 하품을 하던 이지숙의 동작이 딱 멎었다.

"불법 남침을 격퇴하기 위하여 국군은 즉각 반격에 나섰습니다. 국민 여러분께서는 추호도 동요하지 마시고 생업에 종사하시기 바……."

이지숙은 가슴이 벌떡거렸다. 아, 마침내 인민 해방을 위해 일어났구나! 아, 얼마나 애타게 고대했던가! 이제 본격 투쟁은 시작

되었다. 미 제국주의자들을 척결하고 그 앞잡이 친일파와 민족
반역자들을 처단하여 진정한 인민 해방의 나라, 참된 민족 통일
의 나라를 이룩할 투쟁이! 가죽 혁대로 고문당했던 그 살 찢어지
는 고통이 비로소 저릿저릿한 환희로 바뀌고 있었다. 줄줄 흘러
내린 눈물이 얼굴을 따라 목까지 타고 내렸다. 투쟁하리라, 끝까
지 투쟁하리라, 싸우리라, 끝까지 싸우리라. 그녀는 속입술을 깨
물었다.

이지숙은 서둘러 집을 나서 칠동 쪽으로 길을 잡았다. 고정선을 찾아 나선 것이다. 라디오가 있을 리 없는 안창민에게 이 소식을 알릴 필요가 있었다. 도당이나 다른 어떤 선을 통해 알게 되는 것과는 별개로 그것은 자신이 수행해야 할 임무였다.

오가는 사람들의 모습에서는 아무 변화도 느낄 수 없었다. 라디오는 전화나 축음기처럼 귀해서 대부분의 사람들이 아직 그 소식을 모르는 게 당연했다. 지금쯤 몇몇 지주들은 알고 있을지 몰랐다.

뻔뻔스러운 것들, 어디다 대고 불법 남침이라고 떠들어 대는가. 친일파·민족 반역자라는 민족적 죄목도 모자라서 미 제국주의자들에게 붙어 나라와 민족을 또다시 팔아먹는 자들이 어디다 대고 그따위 소릴 지껄이는가. 일제시대에 저지른 죄과에 해방 5년 동안 다시 저지른 죄과까지 합치면 그 집단은 모조리 처단해야 한다. 인민을 착취하고, 민족을 배반하고, 나라를 팔아먹은 자들이 아무런 처벌도 받지 않고 외국 군대의 보호를 받아 가며 또다시 군림하는 역사, 그 추악한 역사를 때려 부수고 새로운 역사를 창조하기 위해 혁명의 피 흘림은 기필코 필요한 것이다. 오라, 인민의 군대여, 혁명의 붉은 깃발을 나부끼며 어서 치달아 오라!

이지숙은 심장의 격렬한 박동을 느끼며 칠동 당산나무 아래를 지났다.

권 서장은 숙직 근무자한테 라디오의 보도 내용을 보고 받고 부랴부랴 경찰서로 나왔다. 마음이 다급한 것처럼 생각에도 아무 질정이 없었다. 빨치산만 제거한다고 일이 해결될까, 하는 평소부터 꺼림칙하게 남아 있던 생각이 들어맞았다는 것만 분명할 뿐이었다.

"보성에서는 무슨 연락 없었소?"

권 서장은 라디오에 신경을 모으며 물었다.

"없었습니다. 연락해 볼까요?"

"관두시오, 기다립시다."

권서장이 고개를 저었다. 얼마 전 백남식이 떠나면서 1개 분대로 줄어든 군 병력도 자신의 지휘 책임 아래 있다는 것이 떠올랐다.

라디오는 시간이 지나도 똑같은 내용만 되풀이하고 있었다. 전쟁은 북쪽에서 먼저 도발했고, 상황은 이쪽이 불리한 듯했다. 대통령이 멸공 통일·북진 통일을 내세운 게 언제부터고, 대통령의 그 주장에 발맞추어 국방 장관과 참모총장은, 명령만 내리시면 점심밥은 평양에서 먹고 저녁밥은 신의주에서 먹을 수 있도록 만반의 준비를 갖추어 놓았다는 호언장담을 얼마나 자주 했던가. 그런데 북쪽한테 먼저 공격당한 것은 뭐며, 상황이 불리한 것은 또 뭐란 말인가. 국방 장관이나 참모총장은 대통령이 듣기 좋도록 허풍만 떨었단 말인가. 더 이해가 안 되는 것은 북쪽의 행위를 놓고 '불법 남침' 운운하는 점이었다. 남북 두 정권 사이에 상호 협약한 무슨 법이라도 있었던가. 그런 법은 애초에 없었다. 이쪽에서는 멸공 북진 통일을 내세우며 남쪽의 빨갱이들을 소탕해 왔고, 저쪽에서는 공산혁명 통일을 내세우며 남쪽의 자기편을 지원하면서 몇 년 동안 싸움을 해 왔다. 그런데 '불법'이라니, 대체 무슨 소린가. 다급해서 엉뚱한 소리를 하는 것인가. 아니면, 이쪽의 멸공 북진 통일은 '합법'이고 저쪽의 공산혁명 통일은 '불법'이라는 것인가. 도대체가 모를 소리다. 불법을 따지자면 2차 대전 때 일본이 선전포고 없이 진주만을 폭격한 경우 같은 것 아닌가. 그런데 우리 쪽에서는 저쪽 공산 정권을 하나의 국가로 인정한 일이 없지 않은가. 그러면서 무엇을 근거로 불법이란 말인가. 이쪽의 정권을 하나의 국가로 인정하지 않는 저쪽에서도 이쪽이 북진 통일을 감행하는 경우 불법을 따질 근거가 없기는 매일반 아닌가. 그동안 공산혁명을 하겠다고 태백산맥을 통해 지속적으로 내려보낸 빨치산과 이번 도발은 뭐가 다른가. 싸움의 규모가 크고 작음이 다를 뿐 아닌가. 그런데 왜 그때는 불법이라고 하지 않고 이제 와서는 불법이라고 하는가. 도대체 앞뒤가 안 맞는 소리다. 싸움이 벌어졌으면 맞서 싸워야지 잠꼬대 같은 소리 지껄여 봤자 무슨 소용인가. 싸움은 총으로 하는 것이지 말로 하는 것이 아니잖은가. 빌어먹을…….

권 서장은 울화가 치밀었다.

방송에서 알리는 새로운 소식은 없고 유지들의 전화만 줄을 잇대고 있었다.

보성경찰서에서 전화가 온 것은 10시쯤이었다.

"24시간 비상근무에 돌입하시오."

남인태의 말이었다.

"알겠습니다. 다른 사항은 없습니까?"

"도경의 명령은 그것뿐이오. 새로운 지시가 있으면 수시로 하달하게 될 거요."

"전황을 좀 아시는 게 있습니까? 아무래도 간단할 것 같지 않은데요."

"염려할 것 없소. 여순반란 사건을 일으킨 그놈들 꼴이 지금 어찌 돼 있소? 이번 도발도 여순반란 사건이나 마찬가지가 될 거요. 이북 놈들이 직접 일으켰고, 규모가 좀 크다 뿐이지."

"그랬으면 좋겠습니다만 그렇게 간단하게 해결될지 모르겠군요."

"미군이 다 알아서 해 줄 텐데 무슨 걱정이오. 미군 화력으로 박살 내면 그놈들 신세도 잠깐이오."

"미국이 또 손을 써 준다는 보장이 없지 않습니까."

"권 서장, 미국이란 나라가 얼마나 의리 있고, 책임감 있소. 우리 경찰들한테 해 준 것하며, 빨갱이들 몰아친 걸 보시오. 미국은 위대한 나라니까 우린 안심하고 시키는 대로 하면 되는 거요."

"예, 딴 전화가 와서 이만 실례해야겠습니다."

권 서장은 서둘러 전화를 끊었다. 머리가 멍했다. 자신은 그때까지 미국은 생각지도 못하고 있었다. 자신의 의식 속에서는 미국은 이미 떠나 버린 나라였다. 미국에 대해 그렇게까지 생각할 수 있는 남 서장이 참으로 용하게 여겨졌다. 공산주의가 싫은 건 사실이지만 그렇다고 미국을 남 서장처럼 감지덕지하면서 우러러볼 수는 없었다. 일본에 그랬던 것 한 번이면 됐지 다시 미국에게 그럴 수는 없는 노릇이었다. 민족이니 양심이니 하기 이전에 스스로 부끄러워 차마 못할 짓이었다. 남 서장이 미국을 들먹이는 것은 사적인 생각에 지나지 않았다. 그러나 그 생각이 엉뚱하다고 할 수는 없었고, 어쨌거나 미국이 다시 나서기만 한다면 이번 도발도 별 어려움 없이 해결될 것 같았다.

난리가 났다는 소문은 빠르게 퍼졌지만 그 이야기를 나누는 사람은 별로 없었다. 워낙 놀라운 소식인 데다가, 입을 함부로 놀릴 일이 아니었다. 사람들의 머릿속에는 사상 문제 하면 좌익을 떠올렸고, 좌익 하면 아는 척도 본 척도 하지 말아야 한다고 못 박혀 있었다. 똑똑한 사람치고 좌익 안 한 사람 없고, 좌익 안 해서는 똑똑하다는 말 못 듣는다는 말은 해방되고 얼마 동안만 통했고, 경찰에서 그들을 잡아들이면서부터는 좌익 해서 남아나는 집 없고, 좌익 해서 목숨 부지하는 사람 없다는 말로 변했다. 속마음이야 어떻든 사람들은 좌익에 관해서는 일절 내색하지 않았다.

이지숙은 경찰의 움직임에 신경을 집중하며 하루를 보냈다. 보도연맹에 가입된 것이 아무래도 신경 쓰였다. 그들은 겉으로 내세운 것과 달리 보도연맹 가입자들을 줄기차게 의심하고 감시했다. 1주일에 한 번씩은 이·동 단위로 모이게 해서 점검했고, 예고 없이 찾아들어 이런저런 흰소리를 지껄이다 가고는 했다. 그 모임 때마다 자애병원 전 원장을 대하는 것이 그녀로서는 큰 괴로움이었다. 전 원장은 아무 표정 없는 얼굴로 앉아 있다 돌아가고는 했다. 도저히 공산주의자일 수 없는 전 원장을 그들은 끈질기게 괴롭혔다. 그런 그들이 보도연맹 가입자들을 그냥 둘 것 같지 않았다. 상황이 자기들에게 불리해지면 반드시 보복 행위를 할 것 같았다.

다음 날 오전에 보도연맹 가입자들 소집이 있었다. 다른 때와 달리 읍내 가입자 전체를 남국민학교 운동장에 집결시켰다. 80여 명 모두 불안한 얼굴이었다. 이지숙은 먼발치로 소화를 찾아냈다.

"오늘 여러분을 모이게 한 것은 긴급사태 때문입니다. 어제 남침을 도발한 북괴군은 지금 소련제 탱크를 앞세우고 우리 자유 대한을 유린하고 있습니다. 이런 비상시국에 여러분은 경거망동해서는 안 되며, 과거의 죄를 묻지 않은 조국의 은전에 감사하면서, 자유 대한이 승리할 수 있는 애국의 길로……"

권 서장의 목청 돋운 연설이었다.

"……우리는 조국 대한민국이 베풀어 준 은전을 골수에 사무치게 감사하면서, 멸공 전선에 용맹스럽게 나서 북진 통일을 완수하고, 백두산 영봉에 태극기 날리는 그날까지 분골쇄신 충성을 다 바칠 것을 맹세하면서, 다 같이 만세 삼창을 합시다!"

보도연맹 위원장 문기수의 핏발 세운 낭독이었다.

"대한민국 만세!"

문기수의 선창에 따라 80여 명이 만세 삼창을 했다.

이지숙은 소화와 전 원장을 아는 체하지 않고 운동장을 벗어났다. 보도연맹 소집은 생각보다 빨랐고, 좋지 않은 예감이 더 확실하게 자리 잡았다.

이지숙은 대문의 기둥 왼쪽 면을 살폈다. X 표지가 새로 그어져 있었다. 지령이 있으니 선을 대라는 뜻이었다. 그녀는 되돌아서 칠동으로 걸음을 서둘렀다.

보도연맹 위험, 선 따라 입산 요망.

배 동무가 곰방대 물부리 속에서 꺼내 준 종이에 적힌 안창민의 글씨였다. 이지숙은 종이를 입에 넣고 잘근잘근 씹으며 가슴 뭉클했다. 생각의 일치가 일으킨 감정의 떨림이었다. 그 일치는 군당 위원장의 직무 수행뿐만 아니라 그것을 넘어서는 어떤 교감이라고 느껴졌다.

그래요, 그러잖아도 당신을 찾아가려 하고 있었어요. 이지숙은 일부러 안창민을 '당신'이라고 하고는 스스로 부끄러워 볼이 발그레해졌다.

이지숙은 5리가 넘는 길을 걸으면서도 전 원장을 찾아갈지 말지 결정하지 못하고 있었다. 안창민을 살려 준 은혜를 생각하면 찾아가서 피신을 권유해야 했다. 그러나 전 원장이 받아들이지 않으면 이쪽의 신분만 드러날 뿐이었다. 그렇다고 찾아가지 않을 수도 없었다. 그랬다가 전 원장이 피해를 입는다면 그것은 씻을 수 없는 죄가 될 것이었다. 이지숙은 전 원장을 찾아가되 신분이 노출되지 않도록 눈치껏 말하기로 했다.

"원장님, 전세가 자꾸 나빠지면 경찰에서 보도연맹 사람들을 어떻게 할지 모르겠군요."

이지숙은 전 원장을 보며 말하려고 애썼다.

"어떻게 하긴요."

전 원장은 그저 부드럽게 웃었다. 자기 마음같이만 생각하고 있는 게 분명했다.

"주제넘은 말씀입니다만, 꼭 무슨 보복을 할 것 같은 기분이 자꾸 듭니다."

"보복이라면?"

전 원장이 놀란 얼굴로 이지숙을 보았다.

"전시의 보복은 죽이는 것밖에 더 있겠습니까."

이지숙은 일부러 차갑게 말했다.

"그 많은 사람을 그럴 수 있을까요? 이제 좌익도 아닌 사람들을."

"경찰은 보도연맹 사람들이 언제라도 좌익이 될 수 있다고 생각하고 있습니다."

전 원장은 어두워진 얼굴로 한참이나 고개를 끄덕였다.

"생각지 못했던 걸 알려 줘서 고맙소."

이지숙은 고개를 숙여 보이고 일어섰다. 그리고 그 길로 소화를 찾아갔다.

"어디 멀리 떨어진 곳에 몸을 피할 데가 없나요?"

"무슨 말씀이신지?"

소화는 금방 겁이 실린 눈을 크게 떴다.

"아무래도 보도연맹에 가입된 게 위험해요. 몸을 피할 데가 있으면 피해야겠어요."

"워치케 위험헌디요?"

"잘못하면 죽게 돼요."

이지숙은 일부러 강하게 말했다.

"하메 그럴지도 모르제라."

소화는 창백해진 얼굴을 두 손으로 감쌌다.

"여유가 없어요. 내일이나 모레, 이틀 사이에 피하도록 하세요."

함께 입산할까 했지만 들몰댁의 두 아이 때문에 불가능했다.

"언제까지 피해 있어야 헐께라?"

"인민군이 여길 해방시키면 바로 돌아오세요."

이지숙이 목소리를 더 낮추었다.

"그리될께라?"

"틀림없이 그렇게 됩니다."

이지숙의 말은 단호했다.

6월 하순의 비가 어둠 속에서 억세게 쏟아지고 있었다. 어마어
마한 폭음과 함께 불기둥이 치솟았다. 그리고 굉음이 뒤따랐다.
한강 인도교가 폭파되고 있었다.

그때 김범우는 손승호와 마주 앉아 있었다. 손승호는 어제 점
심나절에 서대문형무소를 나왔다. 인민군의 선발 탱크 부대가 형
무소 문을 밀어붙인 것이다.

"내일 이 선배를 만나 보는 것이 어떻겠나?"

김범우가 말했다.

"그렇게 하지."

손승호는 많이 말라 있었지만, 목소리에는 탄력이 있었다. 이번에 잡혀가서 무슨 일을 당했는지 모르지만 마음의 변화가 일어난 게 확실해 보였다. 그는 이번 전쟁의 의미를 긍정했다. 전향했던 고향에서의 손승호가 아니었다. 교직을 떠날 생각을 했고, 보도연맹 가입을 피해 고향을 등졌고, 잡혀 들어갔고…… 그가 마음의 변화를 일으킨 까닭이 얼마쯤 헤아려지기도 했다. 그러나 그 이유를 묻지는 않았다.

김범우는 곧 자리에 누웠다. 빗소리에 섞여 또 총소리가 들렸다. 이 비 오는 깊은 밤에도 전쟁은 진행되고 있었다. 날이 새면 서울은 인민군이 완전히 점령할 것이다. 회사는 어제 오전에 문을 닫았다. 그때까지 접수된 외신은 유엔안전보장이사회에서 한국군을 원조하기로 결의했다는 것이었다. 그건 바로 미국의 참전을 의미했다. 그다음 소식이 정부의 대전 이전이었다. 회사가 부리나케 문을 닫은 것은 그 소식의 충격 때문이었다. 서너 시간 전까지도 회사에서는 '국군이 서울을 사수한다.'는 소식을 각 신문사에 보내고 있었다. 회사는 문을 닫으면서 '각자 알아서 행동하라.'고 했다. 정부는 서울을 포기하면서 시민을 버렸고, 회사는 통신 업무를 포기하면서 기자를 버렸다. 그런데도 '서울 사수' 방송은 온종일 계속되었다. 쫓겨나듯 회사를 나왔을 때 시내 모습은 어제와 확연히 달랐다. 장병들의 부대 복귀를 외치고 다니던 군용차량들은 보이지 않았고, 피난 짐을 싼 사람들이 부쩍 늘어나 있었다. 문을 닫은 가게도 꽤 많았다. 은행 앞에는 사람들이 들끓었다. 은행에 돈을 맡기고 살 만한 형편인 그 사람들은 이번 전쟁을 반드시 피해야 할 사람들일지도 몰랐다. 자신은 공산주의 치하에서 살지 못할 무슨 죄를 지은 것도 아니고, 손승호를 만나지 못한 채 서울을 떠나야 할 이유도 없어 그대로 하숙집에 남았던 것이다.

잠이 오지 않았다. 손승호도 자는 것 같지 않았다. 세상이 달라지려 하고 있다. 역사가 바뀌려 하고 있다. 해방이 되었고, 남북에 서로 다른 정권이 섰고, 이제 그것을 하나로 만들기 위한 전면 전쟁이 벌어졌다. 그런데 미국이 참전을 결정했다. 유엔의 이름을 앞세운 미국의 참전은 어디에 근거하는가. 남쪽에 대한민국 정부를 세우는 것으로 그들이 주장하는 신탁통치의 권한은 이미 끝나지 않았는가. 현실적으로 불가능한 일이지만, 만약 남쪽 사람들 절대다수가 이번 전쟁은 우리 민족의 문제니까 개입하지 말라고 의견을 모으면 미국은 어떻게 할까. 참전을 포기할까? 아닐 것이다. 한반도 전체가 사회주의화하여 소련의 영향권 아래 들어가는 것을 원치 않는 미국은 결코 포기하지 않을 것이다. 그들은 군정 기간 동안 공산당을 파괴하고, 친일 반민족 세력을 옹호함으로써 자신들이 실리 추구에 얼마나 철저한지 증명하지 않았던가. 미국은 자기네 이익을 지키기 위해 참전할 이유가 충분할 것이다. 미국이 참전한 전쟁의 결과는 어떻게 될까…….

김범우는 더 생각하고 싶지 않았다. 가슴에 바윗덩이가 얹힌 것처럼 답답했다.

이튿날 아침, 비는 말끔히 개어 있었다. 하숙생들로 아침이면 시끌덤벙하던 집 안이 절간 같은 적막에 싸여 있었다.

아침을 간단하게 먹고 김범우와 손승호는 집을 나섰다. 큰길로 나와 가게에 들어간 김범우는 담배를 샀다. 전화를 빌려 쓰기 위한 비위 맞춤이었다. 이학송은 고참 기자답게 귀한 전화까지 회사에서 가설해 주고 있었다.

"이 선배님, 저 김범웁니다."

"어, 김 형! 그동안 어찌 지냈소?"

그동안 고생한 사람답지 않게 이학송의 목소리에서는 힘이 느껴졌다.

"참, 제가 할 인사를 그렇게 급하게 하실 건 뭡니까."

이학송이 껄껄거리고 웃었다.

"건강은 좀 어떠십니까?"

"경찰서에서 맞은 것 형무소 밥으로 다 치료했소."

"손 형이 어제 서대문에서 풀려난 걸 보고 선배님도 나오신 걸 알았습니다."

"아니, 손 형이 풀려나다니?"

"그럴 일이 있었습니다. 손 형과 함께 뵙고 싶은데 어떠십니까."

"만납시다. 보신각 뒤 그 다방에서 봅시다."

김범우가 가게를 나서자 기다리고 있던 손승호가 불쑥 말했다.

"자네 짐작이 맞았네, 어젯밤 한강 다리가 끊겼다는군."

"그거 난리 났군."

김범우는 코웃음 섞어 말했다.

"뭐가?"

"뭐긴, 인민공화국 치하에서 살아남기 어려운 사람들 말이지. 친일파나 민족 반역자가 제일 많은 곳이 서울 아닌가. 그런데 서울을 사수하겠다고 해 놓고 갑자기 다리를 끊어 버렸으니 그 사람들 다 독 안에 든 쥐 아닌가."

"잘된 일이지 뭐. 그래도 빠져나갈 놈들은 다 정부 따라 빠져나갔겠지."

전과 다른 손승호의 모습을 김범우는 또 느꼈다.

"그래 봤자 그 숫자는 얼마 안 될 거네."

"서울 못 떠난 놈들은 지금쯤 이승만한테 욕을 퍼부어 대며 한강으로 몰려가고 있겠군."

손승호가 코웃음을 쳤다.

"가면 뭘 하나, 한강이 개울이 아닌데."

"저기 한 집이 도망치고 있구먼."

손승호가 턱으로 가리킨 쪽에는 피난 짐을 이고 진 한 가족이
길을 건너고 있었다.

"저래 가지고 언제 한강까지 가겠나. 어쨌거나 친일파나 민족

반역자들은 용납하지 않을 테니 서울에서 일어날 인명 피해가
극심하게 생겼어."

"마땅히 죽어야 할 놈들을 죽이는 건데 인명 피해는 무슨 인명
피해인가."

"너무 그리 들이대지 말게, 사람 민망하게. 그자들 편들자는 게
아니라 상황을 말한 것뿐이네."

손승호가 저리도 격렬해질 만큼 이번에 잡혀 들어가 못 당할 일을 당한 게 분명하다고 김범우는 생각했다.

"자넬 민망하게 하려는 게 아니라, 이번 전쟁은 사회주의혁명을 통한 민족 통일을 달성하려는 세력과 친일 민족 반역으로도 부족해서 다시 나라를 팔아먹고 있는 신식민주의자들과의 싸움이라는 것을 말하고 싶은 거네."

"그게 자네가 생각하는 이번 전쟁의 의미인가?"

"그렇다고 할 수 있네."

"너무 민족 내부 문제로만 보는 것 아닌가? 미소의 책임과 영향도 무시할 수 없는 것 아닐까?"

"당연하지. 그건……."

"길바닥에서 길게 할 얘기가 아닌 것 같네. 이따가 이 선배 만나서 계속하세."

"그러지."

예상대로 시내는 인민군에게 점령되어 있었다. 원남동 로터리부터 탱크와 인민군이 눈에 띄기 시작했다. 억새풀이나 나뭇가지로 위장하고 있는 인민군 병사들의 모습에서 전장의 폭음과 화약 냄새가 그대로 느껴졌다. 김범우의 머릿속에는 버마 전선이 다가들었고, 이 전쟁에서 나는 무엇이어야 하는가 하는 생각이 또 고개를 들었다.

"많이 수척해지셨습니다. 개라도 한 마리 잡아야겠는데요."

김범우는 이학송에게 인사했다. 이학송은 그 좋던 얼굴이 형편없이 망가져 있었다.

"좋지, 보신에 개장국 당할 게 있겠소. 더구나 여름인데. 그런데, 손 형은 어떻게 된 일이요."

이학송은 대뜸 손승호에게 관심을 드러냈다.

"네, 그게 일종의 필화 사건인데요……."

손승호는 될 수 있는 대로 사건 내용을 자세히 이야기했다.

"……결국 저는 고문을 견디지 못하고 그자들이 작성한 조서에 지장을 눌렀습니다. 그래서 출판사는 남로당 비밀 아지트로 둔갑하고, 저는 남로당 프락치가 되어 서대문으로 넘어갔습니다. 사장님도 지장을 찍은 걸 보면 재판에서 진술을 번복하려 했거나, 아니면 고문으로 자포자기했거나, 둘 중 하날 겁니다."

"그것참, 전형적인 조작극이로군요."

이학송은 쓴 입맛을 다셨다. 고문 앞에서 휘거나 꺾이는 것, 그건 분명 인간의 육체적 한계를 이겨 내지 못한 굴욕이고, 그 시간이 지나면 자기혐오를 일으키는 괴로움이다. 그러나 패배는 아니다. 이학송은 자기도 전향서를 썼다는 말을 차마 하기가 어려웠다.

"이 선배님, 손 형은 이번 사건으로 생각이 완전히 변한 것 같습니다. 그전의 순수 인간주의랄까 하는 입장에서 또다시 좌파로 돌아선 것 같습니다. 전향에서 재전향이라고나 할까요. 이번 전쟁도 사회주의혁명을 통한 민족 통일 추구 세력과 친일 민족 반역자에서 신식민주의자로 바뀐 매국적 세력과의 싸움이라고 규정할 정도입니다."

김범우가 말했고, 손승호는 듣고만 있었다.

"허! 손 형은 이번 전쟁을 그렇게 보시오?"

이학송은 손승호를 이윽히 바라보았다.

"손 형 생각은 어느 국면의 정곡을 찌른 판단 같소. 이번 전쟁의 이유나 목적을 제대로 파악하기에는 복잡한 점이 많소. 서로 적대하는 남북의 두 정권이 나름대로 기반을 구축한 단계이기 때문에 보는 각도에 따라 판단이 달라지게 되어 있소. 올바른 판단을 하려면 사건의 주체를 파악하는 것부터 시작해야 할 거요. 먼저, 우리를 분단시키고 오늘의 대립 상황을 만든 미소를 주체로 하는 시각인데, 이데올로기로 대립하고 있는 두 강대국이 뒤에서 전쟁을 일으키게 하고, 우리는 그들 대신 싸우는, 말하자면 이데올로기 대리전쟁이라는 판단이오. 미소의 관계와 우리의 분단을 놓고 볼 때 그럴듯한 판단이오. 그러나 그 판단에 따르면 우리 민족은 아무 생각 없이, 그야말로 괴뢰 노릇이나 했다는 뜻이 되오. 물론 그 판단에는 두 나라가 이 땅의 분단에 책임이 있다는 뜻이 강하게 작용하고 있지만, 그 못지않게 우리 민족을 스스로 비하하는 허점이 있소. 그와 달리 우리 자신을 주체로 하는 시각인데, 그러자면 해방의 시점을 연장해서 보아야 할 것이오. 해방은 우리에게 커다란 전환점이었는데, 미소가 강점하지 않고 해방을 맞이했다면 우리 사회는 어떻게 변했을 것이냐 하는 점이요. 사회 혁명이나 사회 개혁은 필연적이고 불가피한 것이었소. 그것은 지주 제도를 없애고, 친일 반민족 세력을 처단하는 것 아니었겠소. 그런데 그 역사적 욕구가 강대국의 점령으로 좌절된 것이 바로 남쪽 땅이오. 하지만 그 욕구는 폭력 앞에서 어쩔 수 없이 숨을 죽인 것일 뿐 사라진 건 아니란 말이오. 그런 상태로 두 정권은 대치하면서 자기네 이데올로기를 실현하기 위해 '통일'을 내세우게 되었소. 남쪽은 무조건 공산주의를 없애자는 통일이고, 북쪽은 사회 혁명을 이루자는 통일이었소. 바로 이 대목에서 미국이 우리 민족에게 저지른 죄를 다시 거론하지 않을 수 없소. 깨끗하게 처단해야 할 자들에게 미국이 국가 권력을 주고, 무장을 시켜주고 해서 이제 그 반민족 세력들이 제 놈들의 권력 유지를 위해 민족을 강제 동원해서 제물로 써먹게 되었다 그것이오. 그리고 그놈들의 권력을 무너뜨리기까지 무고한 민중들이 수없이 피를 흘리지 않을 수 없게 되었소. 이것이 다 미국이 저지른 죄요. 그러나 무고한 사람들이 억울한 피를 흘리더라도 역사는 바로잡아야 하는 것이오. 이번 전쟁은 우리 민족의 삶에 박힌 모든 갈등과 모순을 없애기 위해 외세와 반민족 세력을 동시에 척결하는 계기가 될 것이오."

김범우는 이학송을 놀란 눈으로 바라보았다. 이학송은 손승호보다 한술 더 뜨고 있었던 것이다.

"그게 현명한 판단이라고 생각하십니까?"

"현명이고 우둔이고가 없소. 선택의 여지가 없으니까."

무슨 새삼스런 소리를 하느냐는 듯 이학송이 떫은 표정을 지었다.

"선택의 여지가 없다니요?"

"지금은 제3의 입장이란 있을 수 없소."

김범우는 가슴이 막혀 왔다.

"미국이 참전하게 되어 있습니다. 이 전쟁이 어떻게 될 것 같습니까?"

"그러니까 더욱 내 입장은 분명하오."

"전쟁이 어떻게 되다니, 질 게 뻔하니까 좌에 서지 말라 그 말인가? 그거야말로 기회주의적 결과론이네."

손승호가 정면으로 내쏘았다.

"아니, 자넨 왜 그리 달라졌나. 도대체 알 수가 없어."

김범우는 참아 왔던 말을 꺼내고 말았다.

"난 일방적 반공 교육을 시키면서 괴로움을 당하기 시작했고, 내 생각이 환상이라는 것을 스스로 시인했네. 그러면서 교직을 떠나야겠다는 생각이 커져 갔지. 그 생각이 커 가면서 서로 맞선 두 정권 사이에 전쟁이 벌어진다면 난 어느 편에 서야 하나 하는 고민까지 하게 됐네. 그리고 보도연맹 때문에 서울로 도망치며 그 생각은 더 깊어졌고, 이번에 고문을 당하면서 나는 내가 해야 할 일이 무엇인지 확실히 알게 되었네. 뭔 줄 아나? 나를 고문하는 형사 놈을 향해, 네놈 같은 민족 반역자를 한 놈만 죽이고 나도 죽을 수 있다면 내 목숨을 아까워하지 않겠다는 치 떨리는 결심이었네. 그 결심을 지킬 기회가 온 거네."

김범우는 손승호를 물끄러미 바라보기만 했다. 신념에 찬 손승호는 한 10년쯤 젊어 보였다. 김범우는 손승호에게도, 이학송에게도 아무 할 말이 없었다. 손승호는 체험을 통한 결심이었고, 이학송은 그 나름의 논리에 빈틈이라고는 없었다. 이제 제3의 입장이란 있을 수 없다는 그의 말은 행동을 촉구하는 것이었다. 김범우는 자신의 생각을 구체적으로 정리할 필요를 느꼈다.

이학송과 헤어져 두 사람이 집으로 돌아와 보니 송경희가 와 있었다.

"선생님!"

마루에 걸터앉아 있던 그녀는 그들을 보자 울음을 터뜨리듯

하며 내달아 왔다. 그녀는 김범우 앞에 우뚝 멈춰 서더니 두 손으로 얼굴을 가렸다. 그리고 어깨를 들먹거렸다.

"어쩐 일이오?"

김범우는 난처한 눈길로 손승호를 보며 물었다. 손승호는 씨익 웃고는 관심 없다는 듯 발을 옮겼다.

"선생님, 절 좀 도와주세요. 한강 다리가 끊겼어요."

그녀는 얼굴을 가린 채 울음 섞어 말했다.

김범우는 얼굴이 일그러졌다. 그러니 한강을 건너게 해 달라는 말인 것이다.

"덥소, 우선 안으로 들어갑시다."

김범우는 짜증이 나는 것을 꾹 누르며 앞장섰다.

송경희는 손수건으로 눈물을 찍어 내며 문 옆에 앉았다.

"다리가 끊긴 건 나도 아는데, 내가 도울 방법이 막연하잖소."

"선생님, 절 도와주실 분은 선생님밖에 안 계세요."

송경희는 눈물로 붉어진 눈으로 목소리보다 더 절박하게 말하고 있었다.

"대학생 동생은 어떻게 됐소?"

"한강을 헤엄쳐 건너는 걸 보고 이리 왔어요."

"저런 못된 사람이 있나. 누나를 떼 놓고 혼자 가 버리다니."

책을 뒤적이고 있던 손승호가 불쑥 말했다.

"혼자는 안 가겠다는 걸 제가 막 물속으로 밀어 넣었어요. 난 김 선생님한테 부탁해서 건널 테니까 먼저 떠나라고 한 거예요."

김범우는 올가미가 씌워진 기분이었다.

"왜 꼭 서울을 떠나려고 그러오?"

"어머 선생님, 서울은 빨갱이 세상이잖아요!"

김범우는 손승호를 보았다. 손승호는 책장만 넘기고 있었다.

"한강은 물살이 세서 내 힘으론 돕기 어렵소. 달리 도움을 청할 데가 없으면 그냥 서울에 있으시오."

"거짓말 마세요. 선생님이 수영을 얼마나 잘하시는지는 다 알고 있어요. 선생님은 만성리 앞바다에서 학생을 둘이나 구해 내셨잖아요. 그리고 전 빨갱이는 죽어도 싫어요. 그것들은 뻔뻔스럽고 징그러워요."

"이봐 학생, 무슨 말을 그리 막 하나."

손승호가 송경희의 얼굴에 시선을 꽂았다.

"저는 있는 그대로 말했을 뿐예요. 무엇 때문에 지주나 부자들의 재산을 뺏으려고 들어요. 그게 뻔뻔스럽지 않으면 뭐예요. 그리고 사람들을 왜 자기들 멋대로 죽이는 거예요. 염상진 제까짓 게 뭔데 우리 아버질 죽여요. 우리 아버지가 제 놈한테 잘못한 게 뭐가 있어요. 빨갱이는 제 평생, 원수예요."

송경희의 곱상한 얼굴이 표독스럽게 변했다.

"저 학생은 새로워진 서울에서 단 하루도 살 자격이 없네. 날도 더운데 수영도 할 겸 당장 건네줘 버리게."

손승호의 화난 목소리였다.

"알고 보니 손 선생님은 사상이 불온하시군요."

"어허, 함부로 말하는 게 아니오." 김범우는 송경희를 꾸짖고는 "한강은 어떤 형편이었소?"라고 말을 바꾸었다.

"네, 사람은 들끓는데 배는 없었어요. 남자들은 더러 동생처럼 헤엄을 쳤구요. 강 복판에서 떠내려가는 사람도 있었어요."

"어디, 건너 보도록 합시다."

"선생님, 고맙습니다."

송경희의 얼굴에 감격스러움이 넘쳤다.

12

산골짜기를 울리는
한밤중의 총소리들

    삼팔선 부근으로 이동할 것 같던 심재모의 중대가 대기 명령을 받은 것은 27일이었다. 모든 전선이 후퇴하는 전황 속에서 부대 이동은 보류될 수밖에 없었다. 전투태세를 갖춘 채 불안한 닷새가 지나갔다. 모든 전선에서 밀리다 보니 날이 바뀔 때마다 도시를 빼앗기고 있는 형국이었다. 서부·중부·동부의 전선에 따라 의정부·춘천·강릉, 서울·원주·삼척 하는 식이었다. 그런 한심한 전황을 확인해 가며 부대에서 토끼잠을 자던 심재모는 낮 시간에 잠깐씩 하숙집에 가 보았다. 혹시나 하는 마음으로 가 보면 순덕이는 그대로 있었고, 이제 떠났으려니 하는 생각으로 가 보면 또 그대로 있었다. 전쟁이 터졌으니 빨리 집으로 돌아가라고 했다. 그녀를 위해 부모에게 편지를 썼고, 노자도 넉넉하게 마련해 주었다. 눈물이 그렁그렁한 눈으로 입을 비죽거리던 그녀는 기어코 눈물을 쏟았다. "제가 싫으시다면야 어쩔 수 없제라. 그려도 여자 맘을 어찌 그리도 모지락스럽고 야박허게 대허는지, 똑 죽고 싶은 맘뿐이구만요. 한 번만이라도 제 맘을 받어 주셨으면 평생 혼자서도 살아졌을 것인디, 너무 허시느마요. 대장님이 뜨시는 것 보고 뜰 것잉께, 나 같은 년 인제 아는 척 마시씨요."

부대에 즉각 이동 명령이 떨어졌다. 잠시의 짬도 없이 부하들을 수습해서 이동이 시작되었다. 심재모는 마음 한자락을 순덕이에게 남겨 놓은 채 후퇴하지 않을 수 없었다. "한 번만이라도 제 맘을 받아 주셨으면 평생 혼자서도 살아졌을 것인디……." 그녀의 울음 섞인 말이 따라왔다. 이 순박하기만 한 여자야, 나라고 왜 그대가 싫기만 하겠어. 허나, 난 아직 결혼할 생각이 없을 뿐이야. 집으로 돌아가 있으면 내가 그대를 찾아가리라, 그 벌교라는 이 상스럽게 정겨운 땅으로.

부대는 영주를 거쳐 점촌에서 후퇴를 중지했다. 그리고 사나흘 뒤 다시 후퇴를 시작했다.

"우리 부대는 전투부대가 아니라 후퇴 부댑니까?"

상사가 투덜거렸다.

"윤 상사, 군인이란 작전에 따라 움직이는 기계고, 작전이란 피눈물이 없는 거요. 우릴 이렇게 후퇴 부대로 두는 건 우리가 이

뼈서가 아니오. 막강한 적 앞에 우리를 내보내 봤자 병력 손실만 커지니까 그러는 것이오. 우린 지금 반격을 가할 어느 지점을 향해 후퇴하는 것이고, 전방 부대에 구멍이 뚫리면 바로 투입될 거요. 우릴 놀린 만큼 곧 써먹게 될 테니, 기운이나 모아 두시오."

심재모의 말은 일종의 하사관 교육이었고, 상사는 멋쩍게 웃기만 했다.

부대는 상주를 거쳐 구미에 이르렀다. 그러는 동안 국군이 유엔군에 편입되었다는 소식이 들려왔다. 심재모는 국군이 유엔군에 편입되었다는 사실을 어떻게 받아들여야 할지 알 수 없었다. 국군은 대한민국 군대고, 유엔군은 대한민국을 돕겠다고 온 여러 나라의 잡동사니 군대였다. 그런데 어째서 대한민국 군대가 그 잡동사니 군대에 '편입'된단 말인가. 주인은 어디까지나 국군이고, 유엔군은 객일 뿐이지 않은가. 그야말로 주객전도 아닌가. 제대로 되자면 유엔군이 국군에 편입되어야 할 것 아닌가. 아니면 서로 독립된 상태로 작전 협조를 해야 할 것 아닌가. 그런데 어떻게 그런 일이 벌어질 수 있을까. 우리 형편이 다급하니까? 어차피 원조를 받아서 싸워야 할 처지니까? 효과적인 작전을 위해서? 어느 것 하나 납득되지 않았다. 자기 나라의 전쟁을 수행하는 군인이 다른 나라들의 군대에 속해 명령을 받아야 하다니. 군대란 국가의 영토와 국민의 생명 및 재산을 지키는 집단 아닌가. 그러므로 군대는 한 국가의 주권의 상징이기도 하다. 그런 군대가 유엔군에 편입되었다는 것은 주권 해체 아닌가. 대한민국이란 나라가 없어지고 만 것 아닌가. 도대체 대통령이란 사람은 무슨 생각으로 이런 일을 저질렀는가. 심재모는 누구에게 말도 꺼내지 못한 채 속만 뒤집어지고 있었다.

그런데 12일에 국군통수권을 미군에게 넘기는 협정이 체결되었다. 심재모는 무릎이 꺾이도록 절망했다. 대통령의 권한인 국군통수권을 미군에게 넘겨준 것은 국권의 포기이고, 주권의 상실이었다. 통수권 없는 대통령이 무슨 대통령인가. 그 영감이 노망을 하는 것인가. 그 영감은 그렇다 해도 통수권을 받아 가는 미군의 속셈은 또 무엇인가. 이제 실질적인 통치자는 맥아더 아닌가. 심재모는 참담함으로 가슴이 무너졌다. 이런 꼴을 보자고 학병에 끌려가 살아남기 위해 발버둥 친 것이 아니었고, 해방된 나라의 군인이 된 것이 아니었다. 그런데 그 해답을 주듯 떠오르는 말이 있었다. "남쪽이 이 지경이 된 건 미국 군인들이 강압적으로 세워놓은 정권이기 때문입니다." 이학송의 말이었다. 아, 이학송이나 김범우 같은 사람은 이런 일이 벌어질 줄 미리 다 알고 있었던 게 아닌가. 심재모는 끝 모를 허탈감에 빠져들었다.

심재모가 우울한 시간을 보내고 있는데 연대에서 호출이 내려왔다.

"전국적으로 대한학도의용대가 결성되었소. 이는 백척간두에 선 조국의 운명을 좌시할 수 없다는 애국 충정으로 구국 전선에 나서기 위해 열혈 애국 청년 학도들이 자발적으로 결성한 것이 오. 우리 군은 그 학도의용병을 받아들이기 위해 지역별로 병력을 급파하게 되었소. 이에 따라 심 중위를 근무 경험이 있는 전남 지방으로 파견하기로 했소. 아무쪼록 맡은 바 임무에 최선을 다해 주시오."

연대장의 말이었다.

참모실로 돌아가며 심재모는 연대장 같은 경력의 소유자가 그런 과장된 말을 거침없이 하고 있다는 것에 비위가 상했다. 연대장은 바로 일본 만군 출신이었고, 그 경력을 부끄러워하기는커녕 오히려 그 경험을 자랑처럼 입에 올리는 위인이었다. 저런 것들이 장교의 7할을 차지하고 앉았으니…….

보도연맹원들이 동척 쌀 창고에 갇혔다. 창문 없이 높게 바람구멍만 네 군데 뚫려 있는 창고는 바깥보다 빨리 어두워졌다. 사람이 많아 더위도 한결 심했다. 남자들은 삼베 저고리를 열어 젖혔고, 여자들은 머릿수건으로 땀을 닦아 내며 손부채를 부쳤다. 그러나 양철 지붕이 내뿜는 열기는 창고 안을 찜통으로 만들고 있었다. 창고 안에 어둠이 쌓여 가자 불안해지기 시작했다. "어쩔라고 요리 오래 가둬 두는고?" "어째 기분이 요상스럽지 않으요?" 여자들이 소곤거렸다. "우리를 요 더운 데다 몰아 놓고 어째 찍소리가 없어." "어째 영 기분이 안 좋은디." "행여 어찌혀 뿔라는 것 아니까?" "어째!" 남자들 사이에서 퍼지기 시작한 말이었다.

"위원장, 위원장!"

어느 남자가 소리 질렀다.

"어째 그러요. 나 여깄소."

문기수가 뭉그적거리며 일어섰다.

"우리를 어째 요리 가둬 두고 이러요?"

"나도 잘 모르겠소."

"위원장이 고런 것도 모르요? 언제나 풀어 줄 것 같소?"

다른 남자의 목소리였다.

"고것도 잘 모르겠소."

"행여 우리를 어째 뿔자는 것이야 아니겠제라?"

"어째 뿔다니! 고것이 무슨 소리요?"

문기수가 화들짝 놀라 소리를 질렀다. 창고 안이 갑자기 얼어붙었다.

"시절이 위태위태헌디, 우리만 쪼로록 몰아서 가둬 둔께 고런 겁이 생긴 것이요."

"전향허면 과거 잘못 용서허고 대한민국 국민으로 살게 혀 준다는 것은 나라가 헌 약조요. 고런 약조 깼다가는 나라 위신 다 깨지는 것이오. 괜히 쓸데없는 소리로 사람들 간 떨어지게 맹글 지 마씨요."

문기수가 큰소리쳤지만, 그건 연맹원들을 위해서라기보다 자신에게 달라붙는 공포감을 떼쳐 내기 위해서였다.

"하면, 나라를 못 믿으면 누구를 믿겄는가." "항, 나라야 하늘이제." 이런 말들과 함께 사람들의 얼굴이 밝아졌다.

권 서장은 보도연맹원 명단을 훑어 내렸다. 이지숙과 무당, 둘만 빠져 있었다. 그의 눈길은 전 원장 이름에 박혀 있었다. 전 원장을 어떻게 해야 할지 판단하기 어려웠다.

"권 서장님, 이번 일은 개인적인 감정이 개입돼선 안 되는 국가적인 중대사요. 내가 보기에 권 서장님은 마음이 너무 좋다고 할까, 대가 좀 약하다고 할까, 어쨌든 좀 염려가 됩니다."

남인태의 말이었다.

"일을 공평하게 처리하려다 보니 그렇게 보인 모양입니다. 하지만 경우에 맞지 않는 문제에 대해선 그 누구보다 단호합니다. 걱정 마시고 두고 보세요."

권 서장은 남인태의 주제넘음을 정면으로 받아쳐 버렸다.

"아 뭐, 기분 나쁘게 생각할 건 없소."

남인태는 헛웃음을 치며 전화를 끊었다. 권 서장이 남인태에게 한 말은 자신을 방어하기 위해 한 말만은 아니었다. 그의 마음속에서 공산주의나 좌익은 용납될 수 없는 것이었다.

소집을 한 뒤에야 이지숙과 무당이 자취를 감춘 사실을 알았다. 이지숙은 세포였고, 무당은 포섭당한 것으로 파악되었다. 그는 아연하지 않을 수 없었다. 고정 세포의 암약을 포착하지 못한 것도 그랬고, 무당이 포섭당한 것도 그랬고, 재판까지 받은 고정 세포가 야학 선생으로 위장한 것을 방치한 점이 그랬다.

허점이 너무 많았다. 지나간 것은 다 덮는다 하더라도 이지숙이 뿌린 조직만은 캐내야 했다. 그러나 그러자면 읍내를 발칵 뒤집어야 했다. 불리한 전시 상황에 그건 자신의 무능을 드러내는 자살행위였다. 그는 사건을 밀봉하는 한편 그 범위를 축소시켰다. 그래서 첫 조사 대상에 올린 사람이 서민영이었다.

"말씀드린 대로 이지숙은 고정 세포였습니다. 선생님, 어떻게 된 일입니까?"

권 서장은 서민영을 직접 취조했다.

"이 선생의 정체를 알고 있었느냐를 묻는 거요, 아니면 나와 이 선생이 사상적으로 내통했는지 묻는 거요?"

"죄송하지만, 두 가지 답니다."

"둘 다 나하곤 상관이 없소."

"그 여자는 선생님 야학에서 1년이 넘게 암약했습니다. 선생님한테도 책임이 있습니다."

"나는 야학을 경영하는 사람이지 수사관이 아니오. 어느 쪽 책임인지 분명히 하시오."

권 서장은 오히려 책임 추궁을 당하는 자신의 꼴에 어이가 없었다.

"그 여자가 보도연맹에 가입되어 있는 건 아셨지요?"

"알았지요."

"그런데 왜 종적을 감췄는데도 경찰에 알리지 않았습니까?"

"이 선생이 그냥 없어졌다면 걱정이 돼서라도 내가 먼저 경찰에 알아봐 달라고 부탁했을 것이오. 그런데 이 선생은, 난리가 나서 집으로 가겠다면서 떠났소."

취조를 더 진전시킬 수 없었다. 서민영이 하는 일을 보면 어떤 면에서는 공산주의자들의 주장과 닮은 데가 많았다. 그러나 그는 기독교인이었다. 경찰 입장에서 보면 의심을 가질 만했다. 그러나 그는 함부로 다룰 사람이 아니었다. 현직 의원 최익승을 떨어뜨리는 데 결정적 영향을 미친 것이 그의 연설이었다. 필요하면 다시 연락하겠다는 꼬리를 남기고 그를 돌려보낼 수밖에 없었다.

권 서장은 그다음에 전 원장에게 손을 뻗쳤다.

"이지숙을 마지막으로 만난 게 언젭니까?"

"이지숙 선생은 만난 일이 없는데요."

전 원장은 태연하게 말했다. 이지숙이 자취를 감출 것을 이미 짐작했고, 경찰에서 자신을 부르는 까닭을 알고 있었으므로 전 원장은 여유 있게 대처했다. 이지숙이 자신을 찾아오긴 했지만 자신이 이지숙의 피신 권유를 듣지 않은 이상 만나지 않은 것이나 다름없었다.

"같이 재판을 받은 처지에 이지숙이 원장님한테 아무 연락도 안 했을 리 없는데요."

"이 선생은 재판을 받고 나온 뒤로는 나한테 미안해서 그랬는지 한 번도 찾아온 일이 없었어요."

전 원장은 자신의 능청에 기묘한 쾌감까지 느끼며 말하고 있었다.

"1년 넘게 한 번 아프지도 않았단 말인가요?"

"젊은 사람이니까요. 서장님은 여기 부임하시고 아파서 병원 찾아오신 일 있습니까?"

전 원장은 자신의 말주변이 만족스러웠다.

"원장님은 함께 재판을 받으면서 이지숙의 사상을 의심해 본 적 없습니까?"

"나야 원래 사상 같은 것에는 관심이 없으니까 이 선생을 의심하고 말고 할 것이 없었지요."

권 서장은 다시 벽에 부딪치고 말았다. 내통한 의심은 버릴 수 없지만 근거 없이 유치장에 가둘 수는 없었다. 그렇게 되자 이지숙의 도주는 완전히 미궁에 빠지고 말았다.

보도연맹원들을 소집해서 쌀 창고에 감금하면서 전 원장은 따로 유치장에 넣었다. 그때부터 전 원장을 어떻게 할지 골치를 썩고 있었다. 그는 읍내에 하나뿐인 의사였고, 신망도 두터웠다. 그를 원칙대로 처리해 버리면 읍민 전체의 원성을 살 염려가 있고, 그에게만 혜택을 주었다가는 원칙을 어긴 피해를 입을 염려가 있었다. 두 가지 다 자신의 신상에 직결되는 중요한 문제였다.

"서장님, 30분 남았습니다."

형사부장이 고개를 디밀고 말했다. 권 서장은 시계를 보았다. 10시 반이었다.

"병력은 어찌 됐소?"

"창고 앞에 집결시켰습니다."

"됐소, 실시하시오."

"알겠습니다."

"잠깐!"

사라졌던 형사부장의 머리가 다시 나타났다.

"유치장에 있는 전 원장도 끌어가시오."

"알겠구만요."

커다란 창고문이 삐그덕거리는 마찰음을 어둠 속에 뿌리며 느리게 열렸다. 창고 안 사람들이 웅성거렸다.

"시끄럿! 입 닥치고 다들 일어낫!"

살벌한 외침과 함께 전짓불 빛이 번쩍하며 창고 안의 어둠을 갈랐다. 사람들의 웅성거림이 뚝 멎었다. 그리고 자리를 털고 일어나는 분주한 몸놀림 소리만 들렸다. 그사이 서너 개가 더 늘어난 전짓불 빛이 어지럽게 엇갈리며 사람들의 몸을 핥고 있었다.

"아까 지시헌 대로 열씩 묶어라!"

두 번째의 외침이 섬뜩하게 창고 안을 울렸다. 경찰과 청년단원들이 우르르 사람들에게 몰아닥쳤다.

"워메, 우리를 죽일라고 허네에!"

여자의 외침이 비명처럼 날카롭게 찢어졌다.

"어떤 년이냐, 아가리를 찢어 뿌러라!"

같은 목소리의 세 번째 외침이었다. 여자의 외침을 따라 일어날 듯하던 동요가 이내 스러졌다. 남자든 여자든 순한 짐승처럼 아무런 저항도 없이 삼끈이나 전화줄로 묶이고 있었다. 사람들을 묶는 시간은 오래 걸리지 않았다. 열 명씩 묶인 여덟 줄의 사람들은 발밑만 비추는 전짓불 빛을 따라 어둠 속을 걷기 시작했다. 총을 멘 사람들이 그들을 에워싸고 있었다. 통행금지가 지난 지 오래되어 인적이라곤 없는 거리에 그들의 발소리들만 둔중하게 퍼지고 있었다.

행렬은 철길을 건넜다. 사람들은 자기들이 뱀골재 쪽으로 끌려가고 있다는 것을 알았다. 칠동 쪽 들녘에서 개구리 울음소리가 들려왔다. 어떤 사람은 길바닥에 박힌 돌에 채여 비척거리다가 간신히 몸을 바로잡기도 했다. 그가 넘어지지 않은 것은 앞뒤로 묶여 있어서였다. 행렬은 비스듬하게 경사진 길을 오르기 시작했다. 사람들은 자기네가 뱀골재를 오르고 있다는 것을 알았다. 고갯길을 세 굽이째 돌았을 때 행렬은 오른쪽으로 방향을 틀었다. 바로 경사가 급한 산이 시작되었다. 그 순간 사람들은 어둠보다 더 진한 죽음의 공포에 맞닥뜨렸다. 뱀골재 골짜기는 사람이 살지 않는 북향 음지였다. 행렬은 등성이를 넘었다. 검정 고무신이며 짚신을 신은 발들은 이슬에 젖어 축축해졌고, 발길에 놀란 풀벌레들이 가느다란 울음소리들을 흘리며 어둠 속을 튀었다.

행렬은 골짜기로 내려가기 시작했다. 여자의 쥐어짜는 듯한 울음소리가 흘러나왔다.

"시끄럿!"

차고 매운 소리에 울음소리가 그쳤다. 전짓불 빛들은 여전히 사람들의 발밑을 빠르게 기고 있었다.

대열은 골짜기의 약간 평평한 곳에 멈추었다.

"한 줄씩 실시!"

메마른 소리가 어둠 속에서 들렸다.

"알겠습니다."

대답도 어둠 속에서 들렸다. 그때였다.

"서장님, 나만은 살려 줘야제라. 그간의 공을 생각혀서라도 나만은 살려 줘야제라. 장 부장님, 말 좀 혀 줏씨요."

남자의 울부짖음이 터졌다.

"어떤 새끼야!"

전짓불 빛이 소리 나는 쪽으로 뻗어 갔다. 불빛에 눈물범벅인 문기수의 얼굴이 드러났다.

"서장님, 나만은 살려 줘야제라아!"

불빛 속에서 문기수가 통곡했다.

"저 줄부터 실시하시오."

"옛!" 하는 대답에 이어 지시가 떨어졌다. "저 줄부터 실시한다. 끌어내라!"

끌려 나온 열 명이 뒤돌려 한 줄로 세워졌다. 그들의 윗몸을 전짓불 빛이 비추었다.

"발사!"

총소리가 뒤엉키며 어둠을 찢었고, 손을 뒤로 묶인 사람들은 순식간에 불빛 밖으로 사라졌다.

"다음 줄!"

열 명의 윗몸이 불빛에 드러났다.

"발사!"

열 명의 윗몸이 불빛 밖으로 사라졌다.

"다음 줄!"

열 명의 윗몸이 불빛에 드러났다.

"발사!"

……

여섯 명의 윗몸이 불빛에 드러났다.

"발사!"

여섯 명의 윗몸이 불빛 밖으로 사라졌다.

"완료했습니다."

"수고들 했소. 갑시다."

권 서장은 긴 숨을 내쉬었다. 그렇게 80명 가까운 사람들을 모두 처형했고, 열 명씩인 어느 줄에서 한 명이 모자라는 것은 아무도 모르고 지나갔다.

이튿날 마을마다 통곡이 물굽이를 이루며 퍼져 나갔다. 그러나 어디에서도 장례를 치르는 것은 볼 수 없었다. 시체를 찾아오지 못해서 그 통곡은 더 진하고 질기게 이어지고 있는지도 모를 일이었다. 그러는 가운데 정부가 대전에서 대구로 옮겨 갔다는 소식이 퍼졌다.

송경희는 지쳐 있었다. 날마다 더위 속을 허덕이다 보니 체력은 갈수록 떨어졌고, 돈을 아끼느라 끼니를 제대로 때우지 못해 더욱 힘겨웠다. 기를 쓰고 걸어도 하루에 50리 걷기가 어려웠다. 이틀 만에 발이 부르터 물집이 생겼고, 장딴지는 부어오르며 알이 뱄고, 무릎은 시큰거렸다. 그런 육체적 고통도 견디기 어려웠지만 혼자 걷는 팍팍함도 견디기 어려웠다.

"쉽진 않겠지만, 좌익을 무작정 나쁘다고만 생각지 않도록 노력해 보시오. 송 양 부친을 죽인 건 염상진이란 사람이 아니라 이 시대요. 부친을 잃은 심정이 어떨지 이해하지만 그렇다고 지나치게 사적 감정만으로 세상을 보지 않도록 노력해 보시오. 내가 강을 건네준 건 같은 고향 사람이기 때문만은 아니오. 염상진이란 사람 대신 사과하는 뜻도 있고, 송 양이 세상을 바르게 보는 계기가 되길 바라는 마음도 있어서요."

김범우 선생이 어둠 속에서 말하고 있었다.

"싫어요, 부자나 지주가 무슨 죄가 있다고 무조건 죽어야 하나요. 저는 죽어도 좌익을 용서할 수 없어요."

"알았소, 더 긴말할 시간이 없소. 한 가지만 말하겠는데, 『임꺽정』이란 소설을 쓴 홍명희 선생을 아시오?" 자신은 고개를 끄덕였다. "그분은 그야말로 뼈대 있는 양반에다 지주였는데, 벌써 일정시대에 자기 농토를 소작인들한테 나눠 주었고, 누구한테나 신분의 차이를 두지 않고 존댓말을 썼소. 지주들이 모두 그분 같지는 않더라도 그 반에 반만이라도 마음을 고쳐먹었다면 죽음을 당할 리 없는 일 아니겠소. 먼 길 조심해서 가시오."

김범우 선생은 강 쪽으로 돌아서서 걸어갔다. 마음 같아서는 그의 목을 끌어안고 매달려 같이 가자고 하고 싶었다. 그러나 그랬다가는 차갑게 내칠 것만 같았다.

송경희는 김범우 선생을 찾아가기 전에 최인석을 찾아갔었다. 그런데 최인석은 결국 자신과 동생 성일이를 떼 놓고 떠나고 말았다.

"치워라! 우리 식구도 다 못 떠날 판에 말도 안 되는 소리 지껄이지 말아라."

최익승이 조카 최인석에게 내지른 고함이었다.

"미안해, 경희. 큰아부지가 저러시니 난들 어쩔 수가 없잖아."

기가 죽은 최인석의 말이었다. 그의 큰아버지가 그렇듯 냉정하게 내쳤다면 최인석은 자신과 함께 남았어야 했다. 그런데 늘 사랑한다고 말하던 최인석은 자신을 버리고 떠나고 말았다. 그 배신감은 당장 증오와 복수심으로 바뀌었다. 내가 네놈 눈앞에 내모습을 기어코 보여 주고야 말 것이다.

그녀는 한발 앞세워 동생을 떠나보낸 것을 줄곧 후회했다. 김범우 선생이 그리 쉽게 강을 건네줄 줄 알았더라면 앞세워 보내지 않았을 것이다. 동생을 먼저 보낸 후회가 갈수록 커지는 것은 점점 더 걷기가 힘들어지기 때문만은 아니었다. 뒤쫓아 오던 인민군을 직접 만나고 나자 그 생각은 부쩍 심해졌다.

적들보다 앞서서 집까지 가려고 했던 그녀의 몸부림은 평택에서 끝나고 말았다. 그녀는 인민군을 보는 순간 '괴뢰군에게 잡히고 말았다.'고 낙망했고, '꼼짝없이 죽게 되었다.'고 절망했다. 그런데 그들은 자신도 그리고 다른 민간인들도 그냥 지나칠 뿐이었다. 무슨 조사도 하지 않았고, 젊은 여자라고 희롱하는 일도 없었고, 어쩌다가 눈길이 마주치면 젊은 병사들은 부끄러운 듯 순한 웃음을 짓고는 했다. 전혀 예상치 못한 놀라운 일이었다. 그뿐 아니었다. 그들은 엿이나 참외 같은 것을 꼬박꼬박 돈을 치르고 사 먹었고, 우물가에서 물을 한 바가지 얻어먹고도 고맙다는 인사를 깍듯이 차렸다. 그런 모습을 지켜보면서 자신의 가슴속에 가득 차 있던 적에 대한 공포감이 차츰 옅어지는 것을 느꼈다. 그리고 그들이, 라디오에서 줄기차게 반복하는 '불법 남침을 감행한 괴뢰군', 그래서 포악하고 잔인할 거라는 인상이 박혀 버린 군대가 아니라 그들 말마따나 '인민해방을 위한 인민의 군대'가 아닐까 하는 생각이 들기도 했다. 전쟁과 군인 하면 살인·방화·약탈·강간 같은 것이 한 꾸러미에 엮여 머릿속에 박혀 있는데, 그들은 그런 짓을 전혀 저지르지 않고 자신을 앞질러 남쪽으로 가 버렸다. 그녀는 의식의 혼란을 일으키며 앞서 보낸 동생을 더 그리워하게 되었다. 그리고 고향까지의 길이 끝없이 멀게만 느껴졌다.

심재모는 광주에 닷새를 머물면서 학도병을 모았다. 말로만 자원이지 그건 곧 징집이었고, 각 학교마다 이미 편성되어 있던 학도호국단을 바로 군대 편제로 바꾸는 일이었다. 대학생과 고등학교 상급반 학생들이 대상이었다. 학교별로 학생들을 소집했는데 벌써 적잖이 자취를 감춘 상태였다. 좌익 사상을 가진 학생들의 잠적도 있었고, 우익 학생들의 고의적인 기피도 있었다. 그는 광주에서 모은 학생들을 열차에 태워 여수로 보냈다. 그리고 순천으로 가는 길에 벌교에 잠깐 들렀다.

"아짐씨, 계시요 어쩌요!"

형사부장 장길춘이 송성일의 집으로 다급하게 뛰어들었다.

"장 부장님, 무슨 일로 그리 급허다요?"

송성일의 어머니가 대청마루로 나섰고, 송성일은 마루에 서 있었다. 그는 열사흘이 걸려 집에 도착했지만 뒤따라오겠다던 누나는 소식이 감감했고, 학도병 문제까지 겹쳐 마음에 먹구름이 가득 차 있었다.

"심 사령관이 학도병 델꼬 갈라고 왔소. 어찌헐지 싸게 결정 보씨요."

장길춘은 서둘러 말했다.

"언제 뜬답디여?"

"저 학생만 빠지고 다 모았응께, 다음 기차로 뜬답디다."

"아이고메, 우리 성일이는 빼 줘야제라."

송성일의 어머니는 말을 하며 안방 쪽으로 돌아섰다. 돈 봉투를 가져오려는 것이었다.

"엄니, 나 그냥 학도병 나갈라요."

송성일의 분명한 말이었다.

"미쳤냐! 장 부장님이 빼 준다는디, 쌈터로 가겠다는 것이 무슨 소리다냐!"

송성일의 어머니는 아들을 매섭게 쏘아보았다.

"이번에 피헌다고 끝나는 것이 아닝께 그렇제라. 징집은 계속헐 것이고, 괴뢰군이 여기까지 밀고 들어오면 그때는 군대에 간 것만도 못허게 된다니께요."

"아, 시끄럽다! 좌익 놈들 손에 아부지 하나 죽었으면 됐제 니까지 또 죽일 것 같냐."

"엄니, 지가 허는 말은……."

"시끄럽당께로 어째 자꾸 그래 쌓냐. 니가 정 군대에 갈라면 나를 죽이고 떠나그라. 니를 막는 것은 내가 아니고 아부지 뜻이여, 아부지 뜻."

송성일은 하늘로 먼 눈길을 보냈다. 허겁지겁 한강을 건너 쫓겨 내려오면서 공산주의를 막아 내기 위해서는 당연히 군대에 가야 한다고 생각했다. 그런데 그 일을 돈 주고 피하게 될 줄은 몰랐다.

"어이, 자네 바깥에는 얼씬도 말어. 자네는 벌교에 없는 사람 잉께."

돈다발을 몸 어딘가에 감춘 형사부장이 태연한 척 대문으로 걸어가며 말했다.

갑자기 심재모를 만난 권 서장은 너무나 반가워 한동안 어쩔 줄 몰라 했다.

"혹시 진급하셨나 했는데 역시 그대로시군요."

권 서장은 이 말을 피할까 생각했으나, 진급이 안 된 이유를 이 쪽도 알고 있음을 나타내 그를 위로하고 싶었다.

"진급은 당분간 열중쉬어 해야 합니다. 앞으로 죽을 기회도 많 지만 진급할 기회도 많으니까 두고 봐야죠."

심재모는 구김살 없이 말을 받았다.

"다음 기차로 떠나셔야 한다니, 일정이 그리 급하십니까?"

권 서장은 하룻밤이라도 붙들고 싶은 마음에서 말했다.

"예, 대전까지 적에게 떨어졌으니 앞을 예측할 수가 없습니다. 정부의 대구 이전은 전라도 지방의 포기로 보아야 합니다."

심재모는 자기네 연대의 후퇴가 정부 이전에 대비한 것이었음 을 어제서야 깨달았던 것이다.

"전라도 지방의 포기요? 그럼 대한민국은 경상도하고 제주도밖 에 더 남습니까?"

권 서장은 얼굴빛이 달라질 정도로 놀랐다.

"여수에 집결시킨 학도병들을 배에 태워 부산 쪽으로 보내는 걸 보면 전라도 지방은 포기한 듯합니다. 전라도 지방을 방어할 계획이 있다면 학도병을 굳이 이동시킬 이유가 없겠지요."

"상황이 그리도 급한가요. 작전권까지 가져간 미군은 대체 뭘 하고 있는 걸까요?"

"갑자기 벌어진 일이라 미군도 능력 발휘를 못하는 상태로 봐야겠지요."

"참 큰일이군요. 우리가 믿을 건 미군밖에 없는데."

권 서장의 입에서 한숨과 함께 나온 말이었다.

"김범우 선생은 어찌 됐습니까? 내려와 있습니까?"

심재모는 미군 타령이 귀에 거슬려 말을 바꾸어 버렸다. 군인 장교들이나 경찰 간부들이나 그저 미군 타령이었던 것이다. 그는 국군통수권이 미군에게 넘어간 것이 부당하다는 생각을 바꿀 수가 없었다.

"아직 내려오지 않았습니다."

"그래요?"

심재모는 으레 김범우가 내려와 있으리라고 생각했던 것이다.

"지금까지 내려오지 못했으면 내려오기 어렵겠지요?"

"글쎄요……. 무슨 일인지 모르겠군요."

심재모는 고개를 갸웃갸웃하다가 "손승호 선생도 안 내려왔겠지요?"라며 권 서장을 보았다.

"손승호 선생이라니요?"

반문을 하면서 권 서장은, 손승호가 김범우와 서울에 함께 있었다는 사실과, 김범우가 백남식의 추궁을 일부러 피했다는 사실을 뒤늦게 꿰어 맞추었다.

"두 분이 함께 하숙을 했는데, 모르셨나요?"

"예, 방금 알았습니다."

권 서장은 손승호의 사상을 어떻게 생각하느냐는 말을 눌렀다. 그가 서울로 도망간 것은 오히려 다행이었다. 그가 남아 있었더라면 지난번 처형에서 그도 전 원장처럼 거북스러운 존재였을 것이다. 그날 밤 아무도 모르게 빼돌린 전 원장은 죽은 것으로 되어 집 안에 박혀 있었다. 전 원장을 빼돌린 것은 그를 위해서라기보다 자신을 위해서였다. 그를 죽이고서는 자신이 괴로워 살 수가 없을 것 같았고, 전쟁이 끝나면 사람들의 비난이 자신에게 돌아올 것 같았다.

경찰서를 나선 심재모는 곧장 '본정통'에 있는 순덕이네 가게를 찾아갔다.

"실례합니다, 여기가 순덕 씨 집이죠?"

심재모는 가게를 보고 있는 여자에게 공손하게 물었다. 한눈에 순덕이 어머니라는 걸 알 수 있었다.

"아니, 요것이 누구다요? 심 대장님 아니시다요?"

순덕이의 어머니 나주댁은 심재모를 금방 알아보았다.

"예, 순덕 씨 어머니신가요?"

"그렇구만이라."

나주댁은 의아한 얼굴로 미심쩍게 대답했다.

"순덕 씨 돌아왔습니까?"

순덕이 어머니의 태도가 마음에 걸린 심재모는 "순덕 씨 집에 있습니까?" 하고 물으려던 말을 바꾸었다.

"아니, 안 왔는디요. 근디 우리 순덕이 집 나간 것을 대장님이 워쩌크름 아신당가요?"

입 언저리에 금방 울음이 잡힌 나주댁이 눈을 빛냈다.

"아직까지 안 돌아오다니……."

심재모는 굳은 얼굴로 혼잣말을 흘렸다. 돌아와 있어야 했다. 자신이 떠나온 뒤에 그곳은 곧바로 적지가 되고 말았다. 심재모는 참담한 심정이 되었다.

"우리 순덕이가 어디 있는지 아시는갑는디, 어찌 된 일인지 말 좀 혀 보시씨요."

나주댁은 애가 타고 있었다.

"순덕 씨는 저를 찾아 집을 떠난 겁니다."

"뭣이라고라? 대장님허고 어찌혀 보고 싶어서라? 위메, 기도 안 차시. 그려서라?"

"수원 저희 집을 거처 단양까지 찾아왔는데……."

심재모는 어떤 책임감과 함께 그동안의 이야기를 간추리기 시작했다.

13

사회주의 리얼리즘

심재모가 떠나고 이틀 만에 권 서장은 광주가 인민군에게 떨어졌다는 상부의 전화를 받았다. 믿을 수 없는 일이었다.

"어제 대전이 점령당했으니 여기도 곧 위험해질 겁니다. 몸조심하십시오."

심재모가 기차에 오르며 한 말이었다. 대전이 점령당하고 단사흘 만에 다시 광주를 빼앗긴 것이다. 대전에서 광주까지의 거리를 생각할 때 그건 상상으로도 가능한 일이 아니었다. 그만큼 아군이 허약하다는 뜻이었다. 그런데 미군까지 그렇게 허약하단 말인가. 아니, 인민군은 대체 얼마나 세단 말인가. 이렇게 밀리기만 하면서 북진 통일이니 멸공 통일이니 큰소리쳤단 말인가.

"서장님, 나 윤삼걸인디, 광주까지 빨갱이들헌테 뺏겼다는디, 피난을 가야겄제라?"

"글쎄요, 피난을 가는 게 좋겠습니다."

"아이고메, 알겄소."

그런 전화가 잇따라 걸려 오는 속에서 권 서장은 부하들에게 가족을 피신시키라고 명령했다. 자신들이 저지른 일 때문에 어떤 보복이 가해질지 몰랐다. 괴뢰군이 밀어닥치면, 읍내는 염상진 패거리에게 넘어갈 테고, 농지 문제로 불만이 많은 소작인들은 거의가 그들을 지지할 것이다. 살아남을 지주가 없을 테고, 지주를 감싸고돈 경찰도 마찬가지일 것이다. 그러고 보면 이번 전쟁은 겹겹의 싸움이었다. 겉 거죽은 이 땅을 동강 낸 미국과 소련의 응등 그림이고, 속 거죽은 그 두 나라가 내세우는 주의에 따른 군대의 맞부딪침이고, 그 속살은 착취한 지주와 착취당한 소작인들의 맞대거리였다. 그 전쟁의 승패가 어떻게 갈릴지는 너무 뻔했다. 미국이 참전하지 않았다면 대한민국은 풍비박산이 날 판이었다. 그러나 미국은 제공권을 장악했을 뿐, 지상 병력은 남도 끄트머리까지 위협받고 있었다.

다음 날 새벽, 경찰 병력은 어둠을 타고 읍내를 빠져나갔다. 여순사건 때 그랬던 것처럼.

대전에서 소위로 임관한 양효석은 후퇴를 거듭해서 군산에 이르렀다. 거기서 미군 함정을 타고 다도해를 거쳐 진해에 도착했다. 배 안에서 미군들의 전쟁식인 시레이션을 처음 먹어 보았다. 깡통을 까먹으면서 풍광 수려한 다도해를 바라보는 맛은 아주 그럴싸했다.

"성, 저기 저것이 오동도시."

배가 여수를 먼발치로 두고 지나갈 때 계급장 없는 전투복을 입은 현오봉이 턱짓을 했다. 1학년들은 진해에서 훈련을 좀 더 받은 다음에 임관하도록 되어 있었다.

"근디? 니 시방 집 생각허고 있지야?"

양효석은 바다를 바라본 채 말끝을 올렸다.

"아, 오동도 보면서 집 생각 안 나면 고것이 사람이여."

"나는 안 난다."

"하면, 장교님이시께 괴뢰군 때려잡을 생각만 허시겠제."

"이 자식, 너나 괴뢰군 열 트럭 때려잡아 당장 별 달아라."

"정 떨어지는 소리 허지 말어. 괴뢰군이 허깨비가 아니란 걸 겪어 보고도 그런 악담이여, 악담이."

"빙신, 니 괴뢰군헌테 겁먹었구나."

"성은 겁 안 먹은 척 말허네. 도봉산 아래 전투 끝내고 봉께로 얼굴이 백지장이등마."

"성질나는 소리 씹떡껍떡해 쌓지 말어. 총알 한 방 맞으면 황천 길로 가는 쌈에서 저도 모르게 얼굴이 하얘지는 것이야 당연허제. 나는 괴뢰군헌테 겁먹은 거이 아니라 제멋대로 날라댕기는 총알에 겁먹은 것뿐이다."

"참 요상스런 말도 다 있네."

"니, 육사에 온 것 후회허고 있지야!"

양효석이 현오봉을 노려보듯 했다.

"……처음허고는 맘이 똑같지 않은 것이야 사실이제."

현오봉은 양효석의 눈길을 피했다.

"육사에 안 들어왔어도 이 난리통에는 어느 편 군인으로든 끌려가게 돼 있는 것이여. 괴뢰군에 끌려갔으면 느그 아부지가 저승에서 피를 토헐 것이다. 그라고 국군으로 간다 혀도 쫄병으로 따라댕기는 꼴이 뭐겄냐. 서학이고 성일이고 자칫하면 괴뢰군에 끌려갈 판일 거이다. 긍께로 딴생각 말어라."

양효석은 진지한 얼굴이었다.

"알겄구만. 내가 괜히 헛생각헌 것이제."

현오봉은 고개를 끄덕이며 눈길을 바다로 보냈다. 그는 전쟁이 터지고 나서 지금까지를 어떻게 살아왔는지 정신을 차릴 수가 없었다. 총도 제대로 쏠 줄 모르면서 의정부 쪽으로 전쟁을 하러 나갔고, 장교를 따라 갈팡질팡하다가 허겁지겁 후퇴해서 학교로 돌아왔고, 또 한 차례 나갔다가 탱크에 쫓겨 도망쳤고, 머리 처박고 총을 쏘아 대다가 후퇴를 거듭하다 보니, 아버지 원수를 갚겠다고 육사를 지원한 애초의 목적까지 희미해졌던 것이다.

　서울의 밤은 암흑이었다. 아무리 불빛을 감추어도 비행기들은 용케도 서울 하늘을 맴돌았다. 비행기 폭격은 밤마다 계속되었다. 물이 얕고 물살이 약한 마포 강변에는 밤마다 물건을 운반하는 부역이 이루어지고 있었고, 미군 비행기는 그 작업을 공격했다. 어둠을 틈타 전쟁 물자를 옮기려는 측과 조명탄을 터뜨려 가며 그 일을 막으려는 측의 끈질긴 싸움이었다. 민간인의 부역으로 이루어지고 있는 물건 운반은 비행기 폭격을 무릅써야 하는 일이었고, 군인들이 대공포로 그들을 보호한다고 해도 인명 피해는 생기게 마련이었다.

　이학송은 강둑을 따라 구축된 참호를 등지고 서서 그 작업을 지켜보고 있었다. 형체뿐인 사람들이 어둠 속에서도 질서 있게 움직이고 있었다. 오른쪽으로는 상자들을 이고 진 사람들이 줄을 이루었고, 왼쪽으로는 짐을 부리고 오는 사람들이 줄을 만들었다. 인민 해방 전쟁의 승리를 위한 전 인민의 노력 봉사― 그 현장을 취재하기 위해 이학송은 한강에 나온 것이다.

　미국의 참전, 한국군의 유엔 편입, 미군에게 넘어간 국군통수권, 미군의 제공권 장악, 그 숨 가쁜 상황의 변화는 이번 전쟁이 조선 인민과 미국의 전쟁이 되었음을 의미했다. 미국 폭격기 B29는 6월 28일부터 서울 상공에 나타나 폭탄을 퍼붓기 시작했다. 그 공격은 인민군의 앞길을 막았고 낮 시간을 앗아가 버렸다. "두고 보십시오. 미국이 전쟁에 개입한 이상 피 흘리고 손해 보는 건 우리 민족일 뿐입니다. 인민 해방은 수포로 돌아가고, 민족 좌절만 남게 될 겁니다. 미국은 인디언을 멸종시키다시피 했고, 흑인을 노예로 짓밟아 오늘을 이룩한 역사를 가진 나라라는 걸 잊어서는 안 됩니다." 김범우의 말이 들려왔다.

갑자기 사이렌이 울렸다. 공습이었다. 어둠 속에서 사람들이 앞다투어 뛰기 시작했다. 비행기 소리는 아직 들리지 않았다. 이학송은 캄캄한 하늘로 눈길을 옮겼다.

느닷없이 어둠을 태우는 빛이 쏟아지면서 하늘을 다글다글 갈아 내는 쇳소리가 머리 위를 굴러갔다. 조명탄이 터지고, 비행기를 향해 대공사격이 시작되었다. 조명탄 불빛에 그대로 드러난 둑 위에는 미처 대피하지 못한 스무 명 남짓한 사람들이 우왕좌왕하고 있었다. 그때 비행기가 곤두박이듯 날아들며 폭탄을 토해 냈다. 폭탄은 강물에서 둑까지 불길을 뿌리며 터졌다. 물기둥이 솟고, 흙덩이가 튕겨 올랐다. 둑 위에 남은 사람들이 물로 뛰어들기도 하고, 엎드리기도 하고, 내달리기도 했다. 그러다가 빙글 돌기도 하고, 불쑥 솟기도 하고, 팔을 내뻗기도 하며 픽픽 쓰러졌다. 둑 위에 네댓 사람이 쓰러져 있는 가운데 비행기들은 번갈아 가며 폭탄을 퍼부었다. 느릿느릿 떨어지는 조명탄이 하늘을 밝히는 동안 비행기들의 폭음이 멀어지자 이학송은 둑을 향해 내달았다. 둑 위에 쓰러져 있는 여섯 사람 중에 다섯은 이미 숨이 끊어져 있었다. 무사한 것은 아이를 업은 여자뿐이었다. 그러나 그 젊은 여자가 업고 있는 아이가 피투성이였다. 여자는 자기를 에워싼 사람들을 두려움에 찬 눈길로 두리번거렸다. 여자는 아직 자기에게 무슨 일이 일어났는지 모르는 눈치였다.

"새댁, 포대기 풀고 애기 내려 봐요. 애기가 다쳤어요."

한 여인이 포대기 끈을 풀며 말했다. 그때서야 젊은 여자의 눈빛이 달라졌다.

파편을 머리에 맞은 아이는 온몸을 피로 적신 채 죽어 있었다.

"아가! 아가! 아가!"

젊은 여자는 피투성이 아이를 품에 끌어안으며 울부짖기 시작했다.

"미국을 과대평가하자는 게 아니라 현실을 바로 보자는 겁니다."

다시 들리는 김범우의 말이었다. 이학송은 젊은 여인의 울부짖음을 뒤로 하고 어둠 속을 걸었다. 밤마다 실시되는 노력 동원, 밤마다 가해지는 폭격, 밤마다 발생하는 희생……. 머릿속이 복

잡하게 뒤엉켰다.

《해방일보》에 근무하기로 결정한 날, 이학송은 함께 근무하자고 권하기 위해 김범우를 찾아갔다. 그날 논쟁은 술 한 방울 없이 몇 시간을 끌었고, 김범우는 마침내 자신의 생각을 다 털어놓았다.

"반민족 세력의 지배로부터 인민을 해방시키고, 이념적 통일을 이룬 민족을 이루어야 한다는 것은 저도 압니다. 그러나 그렇게 되려면 여건이 갖추어져야 합니다. 그런데 지금 서울 하늘에 미군 B29가 거침없이 날아다니며 제멋대로 폭탄을 퍼붓고 있습니다. 이게 도대체 전쟁이 일어나고 며칠 만에 벌어진 일입니까. 이런 미국을 상대로 이길 수 있을까요. 불가능합니다. 그 결과 남는 것은 인민 해방의 좌절과 민족의 상처뿐입니다. 그걸 알면서 행동에 나선다는 건 민족의 불행을 조장하는 일일 뿐입니다."

"자네 왜 자꾸 기회주의적 결과론만 내세우고 그러나."

서울시당 문화선전부에서 일하기로 된 손승호가 노골적으로 불쾌해하며 말했다.

"자네 무슨 말을 그렇게 해."

김범우도 정색을 했다.

"뜻에는 동의하는데 그 결과가 나쁠 테니 참여할 수 없다는 태도가 기회주의가 아니면 뭔가?"

손승호의 한발 더 내딛는 공박이었다.

"자넨 내 말의 진의를 파악하려 하지 않고 행동 여부만 따지고 있군."

김범우가 태도를 분명히 했다.

"기회주의란 두 세력 사이에서 저울질을 하다가 유리한 쪽으로 붙는 것 아니오? 김 형은 이번 전쟁의 결과를 우려하고, 그 뒤에 닥칠 문제를 생각하는 거니까 그렇게 말하는 건 좀 잘못된 것 같소."

이학송이 끼어들었다.

"그럼 방관적 패배주의지요."

손승호가 지체 없이 말을 받았다.

"허허허……. 그게 좀 더 그럴듯한 것 같소. 허나 김 형의 생각도 아주 중요하다 싶소. 우리의 분단이 미소에 의해 저질러졌고, 이제 미국이 전쟁에 개입했으니 전쟁의 결과를 생각하지 않을 수 없고, 그다음에 일어날 문제로 생각이 뻗치는 것이야 당연한 일이겠지요."

"예, 미국의 전쟁 개입은 미국이 당초에 남쪽을 점령한 목적을 절대 포기하지 않겠다는 뜻입니다. 그들의 목표는 우리 민족이 아니라 소련입니다. 이런 상황에서 전쟁에 이길 확률이 얼마나 되겠습니까?"

"그럼 소련이라고 가만히 있겠소?"

김범우의 말에 손승호가 내쏘았다.

"소련이 미국하고 맞붙으면 우리 민족만 박살 나네. 그걸 뻔히 알면서 행동하는 것만 옳다고 할 수 있겠나?"

"자네 말은 패배주의에 빠진 비관적 전망에 지나지 않아. 전쟁이 승리로 끝나면, 자넨 또 뭐라고 할 건가?"

"자넨 내 말을 이해하려 하질 않는군. 자네도 알다시피 난 민족제일주의자야. 그래서 민족보다 먼저 이념을 내세우는 것을 용납하지 않고, 민족을 위해선 그 어떤 이념도 상관하지 않네. 그런데 민족이 상하기만 할 이번 전쟁을 어떻게 받아들여야 할지, 그게 내 괴로움이란 말일세. 민족문제를 해결하기 위해선 전쟁이 아닌 미소의 영향력을 동시에 배격하는 어떤 슬기로운 방법을 모색해야 한다고 생각하네."

김범우가 괴로운 표정을 지었다.

"슬기로운 방법이라니? 자네 생각은 너무 막연해. 예측만으로 현실을 비판하는 건 비판이 아니라 비겁이네."

손승호는 한발 더 내딛었다.

"비겁도 좋고 비굴도 좋네. 나야 안목이 짧아서 구체적 대안을 낼 수는 없네만, 우리 사회의 구성이 민중 중심이어야 하고, 그 바탕 위에서만 민족의 주체 형성이 가능하고, 민주주의도 가능하며, 역사 발전도 이루어진다고 생각하네. 그렇게 볼 때 미소가 내세우고 있는 이념을 하나씩 나눠 갖고 싸워 민족문제를 해결하려 드는 것이야말로 환상이네. 그래서 난 외국 세력의 배격이 급선무라고 생각하는 거네."

손승호는 말없이 듣고만 있었다.

"난 김 형이 예상하는 전쟁 결과를 긍정도 부정도 할 수 없소. 불행하게도 결과가 나쁘다면 그때는 김 형 말대로 후유증이 클 것이오. 어쨌거나 민족을 생각할 때 김 형의 신중한 태도는 결코 환상도 비겁도 아니라고 생각하오. 김 형의 생각이 그렇다면 신문사에서 일하는 건 더 생각해 보도록 합시다."

이학송은 그렇게 말할 수밖에 없었다. 그러면서 민기홍을 생각했다. 민기홍은 사회주의 방법론을 거부하는 자유주의 입장에 선 개혁론자였다. 그래서 그는 일찌감치 어디론가 자취를 감추었다.

기사 분량은 200자 원고지 일곱 장으로 크게 취급하게 되어 있었다. 이학송은 원고지 일곱 장을 메우는 데 꼬박 밤을 새다시피 했다. 칠팔 배의 파지를 내야 했다. 난폭하기 이를 데 없는 공격과 속수무책인 방어와 피범벅이 된 아이의 작은 몸뚱이와 젊은 어머니의 절규가 한꺼번에 뒤엉켜 가슴벽을 치는 분노로 살아 오르는 까닭이었다.

이학송은 잠을 못 자 뻑뻑한 눈을 껌벅거리고, 날마다 하루살이로 시간제한 받아 가며 살아야 하는 기자 인생에 쓴 입맛을 다

시며 신문사에 나갔다.

"이 기자는 역시 속사포요. 참으로 혁명적 열성이고, 혁명적 일꾼이오."

기사를 받아 든 취재 부장이 만족스러운 얼굴로 말했다.

"과찬이십니다. 기사가 제대로 됐는지나 모르겠습니다."

"어련하겠어요, 이 기자의 기본 능력에다 당성이 합해져 생산해 낸 기산데요."

이학송은 빙긋 웃어 보이며 몸을 돌렸다. 혁명과 해방을 위한 전시라서 그런지 일상어에도 군사 용어나 사상 용어가 빈번하게 등장했다. 그런데도 그게 전혀 거슬리지 않았다.

'당성'이라는 말을 들으면 이학송은 몸이 움츠러들었다. 결국 서대문 구치소에서 전향서에 손도장을 눌렀고, 전향자 감방에 있다가 풀려났고, 그런 사실이 덮인 채 인공 치하의 최고 신문인 《해방일보》에서 일하게 된 것이다. 전기 고문까지 당하고 더는 견딜 수가 없어서 작성한 전향서는 허무맹랑한 것이었다. 자신이 작가 동맹에 가입한 것은 사실이지만, 작가 동맹은 글 쓰는 사람은 누구나 가입할 수 있었고, 자신은 정치 활동을 한 일이 없었다. 하지만 몸 부서지는 고문 앞에서는 전향서를 쓸 수밖에 없었다. 《해방일보》에 몸담고 보니 그게 양심의 흠이 되어 있었다.

"이 기자님, 편집국장께서 보자고 하십니다."

부장의 말이었다.

"저를요?"

피로감에 눌려 정신이 흐리멍덩해져 있던 이학송은 필요 이상으로 목청을 높였다.

"놀랄 것 없어요. 아마 기사 잘 썼다고 칭찬을 받을 거요."

부장이 웃음 지었다.

이학송의 마음에 편집국장 이원조는 어려운 대상으로 자리하고 있었다.

"부르셨습니까."

이학송은 허리를 깊이 숙였다.

"아, 이 동지, 어서 오시오."

이원조는 부드럽게 웃으며 일어나 손을 내밀었다. 이학송은 왼손을 받쳐 그 손을 잡았다.

"이 동지는 역시 문장가요. 기사 잘 읽었소."

"황송합니다."

"참으로 생동감 있게 잘 쓴 기사요. 그런데……."

이원조는 책상 위의 원고를 집었다. 이학송은 가슴이 뜨끔했다.

"이 동지가 어떻게 생각할지 모르지만, 내 생각에는 기사가 그렇게 끝나서는 좀 곤란하지 않을까 하오."

이원조의 말투는 정중하고도 부드러웠다. 이학송은 뭐가 문제인지 잘 알 수 없었다.

"좀 더 구체적으로 지적해 주시기 바랍니다."

"이 동지, 기사는 어머니가 죽은 애를 안고 통곡하면서 끝납니다. 기사란 있는 그대로 쓴다는 원칙에 아주 충실해 있소. 그러나 그건 제국주의적 기사 작성법이오. 우리는 지금 사회주의혁명을 실천하고 있으며, 인민 해방 전쟁을 수행하고 있소. 인민이 노력을 바치는 모든 분야의 일들은 그 두 가지를 성취하기 위해 복무해야 하오. 혁명 의식을 고취시키는 문화 선전 사업의 선봉에 서 있는 신문은 더 말할 것도 없소. 따라서 기사 작성도 사회주의 리얼리즘에 입각해서 씌어져야 하오. 그러니까 이 동지가 쓴 기사는 어떻게 끝나야겠소? 어머니가 애를 끌어안고 주저앉아 통곡을 하고 마는 것, 그건 패배주의고 체념주의며, 또한 반혁명적이오. 우리는 혁명적인 인간상과 해방을 갈구하는 인민상을 창조해 내야 하오. 그러자면 주저앉아 통곡하는 어머니를 일으켜 세워야 하오. 그리고 그 어머니는 죽은 자식에게, 너를 이렇게 죽인 미 제국주의자들을 쳐부셔 너의 원수를 갚을 때까지 끝까지 싸우겠다는 결의를 소리 높이 외치게 하는 것이오. 이 동지, 이게 조작으로 느껴지오? 사실의 왜곡이라고 생각되오?"

"솔직히 말씀드려 지금까지 기사를 써 온 습관 때문에 익숙하지는 못합니다."

"당연한 일이오. 중요한 건 기자로서 그러한 기사 작성이 사실의 조작이나 왜곡이 아니라 혁명 의식의 실천임을 이해하는 것이오. 그런 식의 기사 작성이 사실의 왜곡이나 조작이라고 생각할까 봐 하는 말인데, 사실의 왜곡이나 조작은 남조선 신문들이 반민특위를 좌익으로 매도하거나, 좌익을 매국노로 몰아세우거나, 김구 선생을 민족 반역자라고 쓰거나, 민족 반역자들을 오히려 민족주의자나 애국자로 둔갑시키는 짓들 아니겠소? 사실의 조작이나 왜곡이란 반역사·반사회·반인민적인 기록일 때를 가리키는 것이오. 애어머니를 일으켜 세우고, 그런 결의를 다지게 하는 데 반역사·반사회·반인민적인 요소가 어디 있소. 그 기사로 인민들의 혁명 의식이 고취된다면 그 가엾은 아이의 죽음은 헛되지 않게 되는 것이고, 이 동지는 기자로서 혁명과 해방에 복무하게 되는 것이오. 내 말이 납득되오?"

이원조는 잔잔하게 웃고 있었다. 사회주의 리얼리즘, 혁명적 인간상의 창조, 사실의 조작과 왜곡, 혁명과 해방에 복무. 이학송은 혼란스러웠지만, 대답은 일단 이해가 된 쪽으로 할 수밖에 없었다.

"알겠습니다. 제 생각이 부족했습니다."

"납득해 줘서 고맙소. 이걸 이 동지가 손질하면 어떻겠소."

"그리하겠습니다."

"수고해 주시오. 앞으로도 종종 토론하도록 합시다."

이원조는 따스한 눈길을 보내며 원고를 내밀었다.

"말씀 고맙습니다."

원고를 받아 들고 자리로 돌아온 이학송은 만년필을 힘주어 잡았다.

〈7권에 계속〉

하대치

동학 농민 운동에 가담했다가 화전민이 된 집안에서 태어난 소작인 출신 빨치산. 일제강점기에 일본인 지주를 상대로 소작 쟁의를 일으켰다가 징용에 끌려갔다 왔다. 소작회에서 만난 염상진의 사상과 됨됨이에 감화되어 빨치산이 되었다. 기민하고 용감하게 일을 처리하여 동료들의 신임을 받는다.

염상진

벌교, 보성 등지를 근거로 한 빨치산의 투쟁을 총괄하는 대장. 일제강점기에 사범학교를 졸업하고도 일제의 사상을 교육할 수 없다는 신념으로 농사를 지으며 독립운동과 적색 농민 운동을 주도했다. 해방 후 사회주의 운동에 매진하며 공산당원이 되고, 조직을 이끄는 통솔력뿐 아니라 인간적인 면모로 주변의 존경을 받는다.

염상구

염상진의 동생이지만, 형과는 정반대의 길을 걷는 인물. 첫째 아들을 중요하게 여긴 아버지의 의도적인 차별에 불만을 품고 비뚤어진 삶을 살아간다. 일본인 선원을 죽이고 도망쳤다가 해방 후 벌교로 돌아와서는 청년단장 감투를 쓰고 권력에 빌붙어 좌익 행위자 색출과 그 가족들 감시에 열을 올린다.

소화

무당 월녀의 딸로, 내림굿을 받아 무당이 된 비운의 여인. 어릴 적에 비파 두 알을 건네던 소년 정하섭에 대한 애틋한 그리움을 간직하고 살아간다. 빨치산의 신분으로 찾아온 정하섭을 도와주고, 그를 위해 헌신한다.

안창민

대지주의 손자로 염상진과는 사범 학교 선후배 사이. 학창 시절 사회주의를 신봉했지만 졸업 후에는 국민학교 선생이 되어 염상진과는 다른 길을 간다. 하지만 실상은 읍내 지하 조직을 움직이는 보이지 않는 손이었고, 결국에는 붉은 완장을 차고 염상진 무리에 합류한다.

이지숙

셋째 오빠를 통해 사회주의를 접하고 빨치산 세포로 활동하는 인물. 야학 선생으로 위장한 채 빨치산의 지령을 퍼뜨리고, 마을의 일을 은근히 빨치산에게 전하는 일을 한다. 한편으로 안창민에 대한 사랑을 품고 있다.

전명환

벌교에 있는 유일한 병원의 원장. 좌·우익에 상관없이 신념에 따라 병자를 치료한다. 빨치산인 안창민을 치료해 줬다는 이유로 경찰에 붙들려가 고초를 겪기도 하고, 한국전쟁이 일어나서는 우익으로부터 공산주의자로 의심받기도 한다.

서민영

양반이면서 직접 농사를 지으며, 독립운동을 하다 고문을 받아 절름발이가 된 인물. 해방 후 야학을 운영하며 염상진, 안창민, 김범우, 손승호 등에게 사상적으로나 인간적으로 영향을 준다. 약자의 편에 서서 그들을 돕는 일이라면 자신에게 닥칠 고초도 마다하지 않아 읍민들에게 존경을 받는다.

손승호

좌익 활동에 몸담았다가 사상의 변화를 일으키고 전향한 인물. 사회주의를 버렸으나 그렇다고 다른 이념을 선택한 것은 아닌, 사상의 공백 상태에 있다. 보도연맹 가입을 피해 서울로 올라와 친일파 관련 서적을 출판했다가 남로당 프락치로 몰린 뒤로 이전과는 다른 변화를 보인다.

심재모

좌익 척결을 위해 벌교·보성지구 계엄사령관으로 파견된 인물. 학병 출신으로, 평소 지주 노릇이나 친일을 하다 해방 후 지배 계급으로 다시 군림하는 사람들을 경멸한다. 소작인과 지주 사이에서 균형 잡힌 판단을 내리려고 노력하며, 서민영·김범우 등과 우호적인 관계를 유지한다. 하지만 지주들의 이익을 대변하지 않음으로 인해 용공 행위자로 내몰린다.

이학송

신문사 정치부 기자로 김범우, 손승호 등과 교류하는 인물. 한때 사회주의 계열 단체인 문학가동맹에 가입했다는 이유로 빨갱이로 몰려 경찰에 잡혀가 고문을 당하고 강제로 전향서에 도장을 찍게 된다. 이후 공산당 기관지인 《해방일보》로 근무지를 옮긴다.

소설에 담긴 역사 용어 정리

빨치산

1945년 해방 이후부터 1955년까지 활동한 공산주의 비정규군을 일컫는 말이다. 원래 러시아어 파르티잔(partizan)이라는 말에서 유래했는데, 이는 노동자나 농민 들로 조직된 비정규군을 뜻하는 유격대와 가까운 의미이다. 하지만 이념 분쟁 과정을 통하여 좌익 계통을 통틀어 비하하고 적대감을 조성하는 용어로 변하였고, 그 결과 '빨갱이'로 바뀌었다. 흔히 조선 인민 유격대라고 부르며, 남부군이나 공비, 공산 게릴라라는 표현도 사용되었다.

신탁 통치

강대국이 독립할 능력이 없는 나라를 국제 연합(UN)의 감독하에 일정 기간 통치해 주는 특수 통치 제도이다. 1945년 12월 모스크바 3국 외상 회의에서 "한국은 정부 수립 능력이 없으므로 5년간 미·영·중·소 4개국이 신탁 통치한다."라는 내용을 결정하였다. 이로 인해 한반도에서는 신탁 통치 반대 운동이 치열하게 전개되었고, 북쪽에서는 처음에 신탁 통치를 반대하다가 나중에 신탁 통치를 찬성하였다.

서북청년단

1946년 11월 30일 설립한 우익 청년 운동 단체이다. 월남한 이북 각 도별 청년 단체인 대한혁신청년회, 북선(北鮮)청년회, 함북청년회, 황해회 청년부, 양호단, 평안청년회 등이 통합하여 대공 투쟁을 능률적으로 수행하고자 설립하였다. 남한에는 아무 연고도 없는 북쪽 청년들을 적극적으로 포섭해 합숙소에서 공동생활을 시키면서 공산주의에 대한 그들의 적대감을 활용해 좌익 공격에 앞장서게 했다.

제주 4·3 사건

1947년 3월 1일을 기점으로 하여 1948년 4월 3일에 발생한 소요 사태 및 1954년 9월 21일까지 제주도에서 발생한 무력 충돌과 진압 과정에서 주민들이 희생당한 사건이다. 국제 연합에서 남한 단독 선거 결정이 내려지자 남한에서는 단독 정부 수립 반대 운동이 전국적으로 벌어지면서 군경과의 유혈 충돌이 발생하였다. 이때 제주도에서 경찰의 발포가 이어졌고 이에 항의하여 주민들이 총파업을 전개하였다. 이후 미 군정청이 경찰과 우익 단체(서북청년회 등)를 동원하여 무력으로 탄압하였다. 이에 맞서 좌익 세력이 무장 봉기를 일으켰고, 일부 지역에서 5·10 총선거를 무시시켰으며 좌익 세력의 유격전이 전개되었다. 그 결과 군경의 초토화 작전으로 많은 수의 무고한 주민이 희생당하였다.

대동청년단

1947년 9월 21일에 결성된 한국의 청년 운동 단체이다. 상해 임시 정부의 광복군 총사령관을 지낸 지청천(池靑天)이 당시 32개의 청년 단체들을 통합하여 결성한 청년 단체로, 8·15 광복 뒤의 혼란한 시기에 많은 활약을 하였다. 이들은 막강한 조직을 갖추고 반공 및 단독 정부 수립을 주장한 이승만 노선에 협조하였다. 1948년 대한민국 정부 수립 후 이승만의 명령으로 해산하여 대한청년단에 통합되었다.

남한 단독 정부 수립

국제연합 결의에 따라 1948년 5월 10일, 남한만의 단독 총선거가 치러져, 국회의원이 선출되었다. 이들에 의해 헌법이 제정되고(1948년 7월 17일), 간접 선거를 통해 이승만이 대통령으로 선출되었다. 1948년 8월 15일, 이승만이 건국을 공포함으로써 대한민국이 수립되었다. 남한에서 대한민국이 수립되자 북한에서도 최고 인민 회의 대의원을 선출하고(1948년 8월 25일), 이어 북한 헌법을 채택하였다. 1948년 9월 9일, 북한은 헌법에 정한 대로 김일성을 수상으로 하는 조선 민주주의 인민 공화국 수립을 선포하였다.

반민족행위특별조사위원회

1948년 9월 22일, 대한민국 제헌 국회가 친일파를 처벌할 목적으로 특별법인 반민족행위처벌법을 제정하고, 그해 10월 22일에 반민족행위특별조사위원회(약칭 '반민특위')를 설치하였다. 반민 특위는 친일파 선정을 위한 예비 조사 후 7천여 명의 친일파 일람표를 작성하고, 그중 전국적으로 알려진 친일파 중 도피를 꾀하는 자 체포를 우선시하였다. 그러나 친일 세력과 이승만 대통령의 비협조와 방해로 반민특위의 활동은 성과를 거두지 못하였다. 오히려 친일 세력에게 면죄부를 부여하는 결과를 초래하였고, 나아가 이들이 한국의 지배 세력으로 군림하였다.

여수·순천 사건

1948년 10월 19일 전라남도 여수·순천 지역에서 일어난 국방경비대 제14연대 소속 군인들의 반란과 여기에 호응한 좌익 계열 시민들의 봉기가 유혈 진압된 사건이다(약칭 '여순사건'). 당시 여수에 주둔하고 있던 국방경비대 제14연대 소속 군인들이 반란을 일으키며 전라남도 동부 6개 군을 점거하였다. 이에 위기감을 느낀 정부는 대규모 진압군을 파견하여 일주일여 만에 전 지역을 수복하였으나, 그 과정에서 상당한 인명·재산 피해가 발생하였다. 그리고 이 사건을 계기로 정부에서는 '국가보안법' 제정과 강력한 숙군 조치를 단행하게 되었고, 결과적으로 이승만 대통령의 철권통치를 강화하는 계기가 되었다.

농지개혁법

1949년 6월 21일, 북한에서 농지를 무상 몰수하여 농민에게 무상 분배한 농지개혁이 실시됨에 대응하여, 대한민국에서도 농지개혁을 실시하기 위하여 제정된 법률이다. 대한민국은 북한과 같이 무상 몰수와 무상 분배는 허용되지 않아 소유자가 직접 경작하지 않는 농토(소작인이 경작하는 농토)에 한하여 정부가 5년 연부보상(年賦補償)을 조건으로 소유자로부터 유상 취득하여 농민에게 분배해 주고, 농민으로부터 5년 동안에 농산물로써 정부에 연부로 상환하게 하는 이른바 유상 몰수·유상 분배의 농지개혁법을 실시하였다.

국민보도연맹 사건

국민보도연맹(약칭 '보도연맹')은 1949년 4월 좌익 전향자를 계몽·지도하기 위해 조직된 관변단체이다. 하지만 한국전쟁 발발 후 1950년 6월 말부터 9월경까지 수만 명 이상의 국민보도연맹원이 군과 경찰에 의해 살해되었다.

김구 피살

민족의 지도자였던 백범 김구 선생이 1949년 6월 26일 서울 서대문 근처 거처인 경교장에서 육군 소위 안두희가 쏜 총에 피살되었다. 조국 광복을 위해 평생을 바친 73세 노 혁명가는 남한만의 단독 정부 수립에 반대하였으며 한반도 통일 정부 수립을 위해 노력하였다. 장례식은 국민장으로 거행됐으며, 유해는 효창 공원에 안장됐다. 암살자 안두희는 무기징역을 언도받았으나, 한국전쟁 발발과 함께 특사 조치로 석방돼 육군 중령으로 복귀하는 등 배후에 대한 의문은 풀리지 않았다.

한국전쟁

1950년 6월 25일 새벽에 북한 공산군이 남북 군사 분계선이던 38선 전역에 걸쳐 불법 남침함으로써 일어난 전쟁이다. 전쟁 초기 남한이 불리했으나 국제 연합군의 참전으로 10월 말경에는 압록강 지역까지 국토를 회복했다. 그러나 중공군의 개입으로 전쟁은 3년 1개월간 끌었으며, 1953년 지금의 휴전선을 경계로 휴전이 성립되었다.

조정래 대하소설
태백산맥 청소년판 6
초판 1쇄 2016년 11월 8일
초판 3쇄 2020년 12월 30일

원작 | 조정래
엮음 | 조호상
그림 | 김재홍
발행인 | 송영석

발행처 | (株)해냄출판사
등록번호 | 제10-229호
등록일자 | 1988년 5월 11일(설립일자 | 1983년 6월 24일)

04042 서울시 마포구 잔다리로 30 해냄빌딩 5·6층
대표전화 | 326-1600 **팩스** | 326-1624
홈페이지 | www.hainaim.com

ISBN 978-89-6574-606-5
ISBN 978-89-6574-611-9(세트)

이 도서의 국립중앙도서관 출판예정도서목록(CIP)은 서지정보유통지원시스템 홈페이지(http://seoji.nl.go.kr)와
국가자료공동목록시스템(http://www.nl.go.kr/kolisnet)에서 이용하실 수 있습니다.(CIP제어번호: CIP2016025424)